Geschichten aus der Müllerstraße

Paul Bokowski / Hinark Husen / Robert Rescue /
Frank Sorge / Volker Surmann / Heiko Werning

Geschichten aus der Müllerstraße

Berliner Orte

be.bra verlag

Mehr Informationen im Internet

Bibliografische Information der Deutschen Nationalbibliothek
Die Deutsche Nationalbibliothek verzeichnet diese Publikation in der Deutschen Nationalbibliografie; detaillierte bibliografische Daten sind im Internet über http://dnb.d-nb.de abrufbar.

KulturBrauerei Haus 2
Schönhauser Allee 37, 10435 Berlin
post@bebraverlag.de
Lektorat: Marijke Topp, Berlin
Umschlaggestaltung und Foto: Manja Hellpap, Berlin
Satz: typegerecht, Berlin
Schrift: Stempel Garamond 10/14 pt
Druck und Bindung: GGP Media GmbH, Pößneck
ISBN 978-3-89809-108-4

www.bebraverlag.de

Inhalt

Müller-/Ecke Seestraße

Obere Müllerstraße

Untere Müllerstraße

Heiko Werning

Walpurgisnacht Wedding

Erstaunt stehe ich vor einem dieser großen, grauen Kästen, die überall herumstehen und in denen irgendwas mit Strom oder Telefon drin ist. Auf diesem Kasten hier, auf dem Mittelstreifen, mitten im Wedding, prangt ein neues Plakat: In zeitloser Optik steht eine weiße Faust auf schwarzem Grund, in roter Schrift steht daneben: »Nimm, was dir zusteht!« Ach, mir wird ganz warm ums Herz. Lange nicht mehr gesehen: Echte Autonomen-Folklore. Was dem Bayern Oktoberzelt und Lederhose und dem Rheinländer der Rosenmontag, sind dem Berliner bekanntlich seine putzigen Antikapitalisten samt zugehörigem Karnevalszug, der hier traditionell am Mai-Feiertag abgehalten wird. Man muss die Feste eben feiern, wie sie fallen. Und im fortgeschrittenen Frühjahr ist es auf jeden Fall erheblich wärmer als beim doch oft ungemütlich kalten Karneval, da haben die Autonomen einen Sinn fürs Praktische bewiesen.

Was mich allerdings irritiert, ist die Ortsangabe auf dem Plakat: Geladen wird zur Molotowcocktailparty, anlässlich der Walpurgisnacht diesmal nicht nach Prenzlauer Berg oder Friedrichshain, sondern, tatsächlich, in den Wedding. Was wollen die denn hier?

Sie wollen, so entnehme ich später einem Aufruf, gegen die Gentrifizierung demonstrieren. Da ist es natürlich klug, dorthin zu gehen, wo es noch gar keine Gentrifizierung gibt. Quasi prophylaktisch. Es gebe allerdings, informiert mich der Aufruf, deutliche Anzeichen für Gentrifizierung auch im Wedding. Das würde mich ja mal etwas genauer interessieren. Was meinen die da bloß?

Zum Essen bin ich mit Bernhard im *Saray* verabredet. Ich berichte ihm von der bevorstehenden revolutionären Walpurgisnacht.

»Die nennen das wirklich Walpurgisnacht?«, wundert er sich, »das Wort kennt hier doch keine Sau!«

In der Tat, hier scheint ein gewisser Zielgruppenkonflikt zu herrschen. Dabei ist der Aufruf zur »Walpurgisnacht Wedding« sogar eigens auch in Türkisch, Arabisch und noch irgendwelchen Sprachen gehalten. Walpurgisnacht. Dafür gibt's doch auf Arabisch bestimmt gar kein Wort. Na ja, wer weiß, was da tatsächlich steht. Vielleicht ja was gegen Gentrifizierung. Ich frage Ahmed, der uns ein Bier bringt: »Steht da Walpurgisnacht?«

Er staunt.

»Was ist Walpurgisnacht?«

»Walpurgisnacht ist gegen Gentrifizierung«, informiert Bernhard ihn gelangweilt.

»Was ist Gentrifizierung?«, fragt Ahmed.

»Gentrifizierung ist, wenn Leute mit Geld hierher herziehen.«

»Das ist gut!«, sagt Ahmed, »wenn mehr Leute mit Geld herziehen, können wir mehr Döner verkaufen. Aber hier ist niemand mit Geld. Hier ist Wedding.« Wir zucken mit den Schultern.

Der türkische Satz auf dem Flugblatt lautet dann übrigens doch nur »Gegen soziale Diskriminierung und rassistische Provokation«, übersetzt Ahmed für uns. Gegen die Gentrifizierung sollen offenbar nur die Deutschen demonstrieren, wahrscheinlich, weil der türkische und arabische Teil der Bevölkerung gar nichts gegen ein bisschen Gentrifizierung hätte, wenn man sie fragen würde.

»Gentrifizierung!«, knurrt Ahmed, »wo soll denn hier Gentrifizierung sein?«

»Vielleicht«, mutmaßt Bernhard, »das *L'Escargot*? Da gibt's wirklich gutes Essen!«

»Na ja«, gebe ich zu bedenken, »aber das *L'Escargot* gab's 1991 auch schon, als ich hierhergezogen bin. Und da war das Essen auch schon gut.«

»Aber da hieß das noch nicht Gentrifizierung«, beharrt Bernhard, »da hieß das noch gutes Essen.«

»Hier auch gutes Essen!«, merkt Ahmed zu Recht an. »Aber hier nicht Gentrifizierung.« Kopfschüttelnd verlässt er unseren Tisch.

Im *Tagesspiegel* ist die Route des Demonstrationszugs veröffentlicht. Sie verläuft direkt hier über die Müllerstraße und dann noch etwas durch die umliegenden Wohngebiete.

»Scheiße«, knurrt Bernhard, »das ist mitten auf meinem Nachhauseweg von der Kneipe. Und das vorm 1. Mai! Da hört der Spaß aber mal auf, wenn da dann alles abgesperrt ist wegen den antikapitalistischen Kasperln.«

Ich bin auch nicht sicher, ob der Bewegung hier sehr große Sympathie entgegenschlagen wird. Gut, sie rechnen wahrscheinlich gar nicht groß damit, dass Weddinger bei der Party mitmachen. Dafür spricht auch der Treffpunkt S-Bahnhof Wedding, praktisch die Direktverbindung nach Friedrichshain/Kreuzberg. Ein weiterer Flyer empfiehlt den Teilnehmern, vermummt zu erscheinen. »Und dann …«, gibt sich der Zettel geheimnisvoll, aber das Rätsel ist nicht sehr schwierig, das beigefügte Foto von Steine werfenden Vermummten lässt die Intention auch den ungeübten Betrachter leicht verstehen.

»Walpurgisnacht«, kommt Ahmed noch einmal zu uns zurück, »ist das nicht das vorm 1. Mai, wo die immer alles kaputt machen?«

»Genau, so will es das Brauchtum«, erklären wir und zeigen ihm den gelben Flyer.

Ahmed schaut verständnislos: »Aber hier ist doch schon alles kaputt. Warum bleiben die nicht im Prenzlauer Berg?« Wir wissen es nicht.

»Vielleicht ist die Party insgesamt nicht mehr so angesagt wie früher und sie hoffen auf Verstärkung durch die Weddinger Jugendgangs?«, spekuliere ich.

»Aber woher wollen die denn wissen, dass die da mitmachen?«, erwidert Ahmed. »Das sind doch alles Türken und Araber! Die lassen sich doch nicht von aus Westdeutschland zugezogenen Friedrichshainern vorschreiben, wann sie hier zu randalieren haben! Außerdem spielt an dem Abend Galatasaray gegen Besiktas in der Süper Lig, da sitzen doch sowieso alle hier vorm Fernseher.«

Ich denke, wir bleiben gelassen. Der Weddinger Bevölkerung wird der merkwürdige Aufzug in der Nacht zum 1. Mai so egal sein wie alles andere auch. Und auf ein paar Verrückte mehr kommt es hier letztlich auch nicht an, viel Schaden können sie ohnehin nicht anrichten.

Das Einzige, was mich tatsächlich besorgt: Geboren wurde die antikapitalistische Walpurgisnacht in Prenzlauer Berg, danach marodierte sie durch Friedrichshain. Ergebnis: Beide Bezirke sind inzwischen total gentrifiziert. Sind es gar nicht, wie immer behauptet wird, die Künstler, die Hipster, die Studenten, die die Speerspitze der Gentrifizierung bilden? Sind es am Ende die revolutionären Antikapitalisten, die den Boden erst bereiten, die eine Gegend erst aufregend und interessant machen, sodass sich anschließend eben mit dem üblichen Zeitverzug der Rattenschwanz an Nachfolgern dorthin begibt? Ist nicht so eine antikapitalistische Walpurgisnacht bereits vollendete Gentrifizierung im Kleinformat: Eine Bande neunmalkluger Zugereister fällt über einen Kiez her, weiß alles besser, macht den dicken Maxe und sorgt dafür, zumindest hier im Wedding, dass sich garantiert kein einziger Einheimischer in der Nähe blicken lässt? Aber dass dafür die ganze Gegend groß in die Medien kommt? Und andere erst richtig auf sie aufmerksam werden?

Aber der Wedding ist stärker. Mein Blick fällt durch die Scheibe des *Saray* auf die große neue Leuchtreklame vom *Imbiss zur Mittelpromenade* direkt gegenüber. Mehrfach schon habe ich darüber nachgedacht, was die wohl bedeuten mag. Ob sich da schon einer auf die neuen autonomen Besucher eingestellt hat? Auf knallig gelbem Grund leuchtet ein großer Schriftzug über die Müllerstraße: »You kill it, we grill it«. Dann mal einen schönen Tanz in den Mai, liebe revolutionäre Antikapitalisten.

Volker Surmann

Die sieben Hürden der Müllerstraße (1–3)

Kraftfahrer Du, voll Wagemut,
Die Müllerstraße zollt Tribut.
Erst hinter den sieben Hürden,
nach den sieben Bürden
der Wagenlenkerei,
fährst Du dann gen Tegel – frei.

Als Autofahrer muss ich gestehen: Die Müllerstraße ist meine drittunliebste Straße Berlins. Nach der Neuköllner Karl-Marx-Straße, einem Fahrweg, der sich aus einem Paralleluniversum in unser Hier und Jetzt verirrt hat und in welchem vermutlich ein paar physikalische Axiome hinsichtlich Raum und Masse, auf jeden Fall aber jegliche Verkehrsregeln außer Kraft sind. Und nach der Schönhauser Allee, an der man nie dann links abbiegen darf, wenn man gerade möchte – ein Phänomen, das man sonst nur aus der Stadt Köln kennt, die auch nur deshalb eine knappe Million Einwohner hat, weil die Menschen einfach nicht mehr herausgefunden haben. Ich versuche daher, die Müllerstraße stets weiträumig zu umfahren, doch nicht immer lässt sich das einrichten.

Dabei bin ich gar kein notorischer Autofahrer. Doch in den Wedding fahre ich fast immer mit dem Pkw, da ich die leidige Erfahrung gemacht habe, dass man mit öffentlichen Verkehrsmitteln zwar gut in den Wedding hineinkommt, aber umso schlechter wieder heraus. So betrachtet ist der Wedding das Köln Berlins.

Es scheint, als hätten S-Bahn und BVG irgendwann beschlossen, den Wedding zu isolieren. Hin kommt man immer, zurück nimmer. Im öffentlichen Nahverkehr ist unter den Berliner Stadtteilen der Wedding die Venusfliegenfalle. Die Weisung dazu kommt sicher von ganz oben. Der Hohe Rat der Verkehrsplaner Berlins scheint nach dem Prinzip zu verfahren: Wer sich nach Einbruch der Dunkelheit im Wedding aufhält, bleibt sich selbst überlassen. Hauptsache, die Weddinger befallen nach Anbruch der Nacht nicht das restliche Stadtgebiet. Abendliche Besucher sind in diesem Konzept nicht vorgesehen, sondern der Kollateralschaden. Wer sich als Auswärtiger abends dorthin wagt, soll da bitteschön bleiben, sich ausrauben lassen, wie sich das gehört, oder notfalls ein Casino an der Müllerstraße eröffnen. Die Stadtoberen trauen dem Wedding nicht. Nur so lässt sich erklären, dass der Grenzübergang zwischen Berlin-Mitte und Wedding zukünftig von einer eigens errichteten BND-Zentrale bewacht wird.

Für mich bedeutete die Wedding-Verschwörung des ÖPNV immer: Zu den Brauseboys hin brauche ich nur fünfundzwanzig Minuten, von den Brauseboys weg fast eine Stunde. Robert Rescue, der mal in meiner Friedrichshainer Nachbarschaft lebte, hielt das nicht länger aus, zog in den Wedding und hat ihn seitdem nicht ein Mal verlassen. Aber der hat auch kein Auto.

Ich habe ein Auto und brauche zwischen Wedding und Friedrichshain, egal welche Fahrtrichtung, knapp zwanzig Minuten. Die Müllerstraße liegt nicht auf meiner Stammstrecke, doch komme ich nicht umhin, sie regelmäßig zu fahren, etwa wenn ich das Domizil von Heiko Werning ansteuere oder hoch zu einer Kollegin in Konradshöhe oder an die Seen in Tegel will. Doch Vorsicht, eine Warnmeldung: Vorher steht dem auf Höhe des Weddings die Müllerstraße entgegen. Fahren Sie bitte äußerst vorsichtig und umfahren Sie alle Hindernisse weiträumig.

Erste Hürde: Der Anfang

Egal, wie man auf der Müllerstraße landet, ob man von Hauptbahnhof und Tiergartentunnel auf sie einbiegt oder von der Chausseestraße hinauffährt, sofort wird alles anders. Verkehrsströme vermischen und vermengen sich. Wer aus Richtung Hauptbahnhof kommt, will gern weiter gen Reinickendorfer Straße; wer von der Chausseestraße kommt, will nicht selten abbiegen gen Moabit und Charlottenburg. Hier kreuzen sich also Verkehrsströme – etwas, das die Metapher überfordert und auch den Kraftfahrer, gilt es doch, auf weniger als hundert Metern zahlreiche Spurwechsel zu bewältigen, bis man auf dem richtigen Abbiegestreifen ist. Und wer es nicht geschafft hat, biegt halt trotzdem ab. Wäre der Verkehrsstrom eine Elektrizitätsmetapher, dann sprühten am Beginn der Müllerstraße stets die Funken eines Kurzschlusses. Hier scheppert es häufig, und es kann kein Zufall sein, dass sich genau hier einer der größten Auto-Ersatzteilhändler der Stadt angesiedelt hat und im Laufe der Jahre durch einen gesamten Häuserblock metastasierte.

Google Maps sagt, dass der Platz neben diesem kurzen Müllerstraßenabschnitt »Weddingplatz« heißt. Nie gehört, und ich möchte auch jede Wette eingehen, dass der gewöhnliche Weddinger diese Perle städtebaulicher Tristesse ebenfalls nicht als »Weddingplatz« kennt, sondern bestenfalls als »Da vor ›tip Auto … Teile‹« – und das ist eine angemessen hilflose Bezeichnung für dieses Weddinger Kleinöd.

Zweite Hürde: Die Baustelle vor der S-Bahnbrücke

Seit ich mich erinnern kann, wird auf der Müllerstraße zwischen Bayer-Schering und S-Bahnbrücke gebaut. Und wenn mal gerade nicht gebaut wird, kündet ein Schild von baldigen Bauarbeiten. Sei es, dass unterirdische Wasseradern am esoterischen Fundament der Müllerstraße knabbern oder Bayer-Schering an dieser Stelle etwas in die Kanalisation einleitet, das regelmäßig die Rohre wegätzt, irgendeinen Grund muss es geben, dass hier ständig gebaut wird. Oder handelt es sich um eine von Berlins »Retro-Baustellen«, die nur aus purer Nostalgie aufrechterhalten werden? Vielleicht steht sie auch schon unter Denkmalschutz.

Als Kraftfahrer muss man hier besondere Obacht walten lassen, denn durch die Baustelle ändert sich regelmäßig die Verkehrsführung. Auf dem Asphalt konkurrieren zeitweise die reguläre Fahrbahnmarkierung und die gelben Verschwenkungen der Fahrstreifen mit blassgelben Fragmenten früherer Verschwenkungen sowie mit den eingefahrenen Gewohnheiten jedes Weddinger Fahrzeuglenkers. Was summa summarum bedeutet: Es gibt hier keine Verkehrsführung, jeder Fahrer folgt seiner individuellen Linie, bremsen können die anderen; zur Not ist »tip Auto … Teile« ja noch nicht außer Sicht.

Dritte Hürde: Der Leopoldplatz

Als Autofahrer hat man hier die Qual der Wahl zwischen Pest und Cholera. »Pest« sind hierbei Linksabbieger in die Schulstraße, »Cholera« Taxifahrer. Letztere lungern rechts vor *Karstadt*, um plötzlich Fahrertüren in den fließenden Verkehr zu werfen oder blinde Kavalierstarts auf die Mittelspur zu machen.

Die gemeinen Linksabbieger tarnen sich zunächst harmlos als Geradeausfahrer auf der linken Spur, um mitten auf der Kreuzung abrupt auf null abzubremsen und mit links eingeschlagenem Lenkrad als Hindernis rumzustehen. Der Stadtteil ist bekanntlich arm; die Weddinger haben ja nichts. Nicht mal Blinker. Nur tiefergelegte Golf GTIs mit dunkellackierten Scheiben und schwarze 3er BMWs. Typisch dürfte im Weddinger Autohandel folgendes Verkaufsgespräch sein:

»Hassu dicke BMW für misch?«

»Habisch 3er BMW, Coupé.«

»Auch gut.«

»Is voll tiefergelegt mit Alufelgen, Dolby Surround und weißes Nappaleder.«

»Nappaleder? Is' das von Kuh oder von Schaf?«

»Weiß nisch, Alter. Vermutlich von weiße Nappas.«

»Was soll kosten?«

»Zwanzischtausend.«

»Zwanzischtausend? Hab isch nich, Alter.«

»Geht auch billiger, wenn isch lass Alufelgen und Dolby Surround weg.«

»Ohne Alufelgen und Dolby, willst du misch verarschen, Alter? Nee komm, lass ma Blinker weg.«

Es gibt nur eins, das noch schlimmer ist als linksabbiegende BMWs oder Taxifahrer vor *Karstadt*: BMW-Taxifahrer vor *Karstadt*, die links abbiegen wollen.

Robert Rescue

Zukunftsvision Wedding 2015

Eine Dystopie

Die Nachricht, dass das Jobcenter Mitte in den Wedding gezogen ist, hat eine Menge Weddinger erfreut, wobei »erfreut« nicht das richtige Wort ist, wenn jemand noch die Hoffnung hat, dem Amt Lebewohl zu sagen. Das Positive daran ist eher, dass die Weddinger jetzt einen kürzeren Weg haben als die Moabiter, Tiergärtner und die Bewohner von Mitte, genannt »Leute aus Mitte«. Ich beispielsweise laufe einfach vor zur Müller-/Ecke Seestraße und dann runter zum Leopoldplatz. Da gebe ich entweder einen Antrag ab, wie ich es routinemäßig alle sechs Monate mache, oder erzähle einer Sachbearbeiterin, welche Zukunft ich für mich noch sehe, nämlich gar keine. Die immer wechselnden Sachbearbeiterinnen können so eine Äußerung nicht dulden und schauen dann in meinen Datenbankeintrag, ob sie noch was für mich tun können. Dort stoßen sie auf einen bestimmten Hinweis, der jedes weitere Bemühen ihrerseits im Keim erstickt, und entlassen mich wieder. Das mit den Terminen ist eigentlich Mumpitz, denn die laufen immer so ab. Der Computer wählt mich aus, gibt mir einen Termin und ignoriert dabei den Hinweis.

Dann setze ich meinen Weg fort zum U-Bahnhof »Hier bitte nicht aussteigen, außer Sie haben einen Termin«, wo ich beim BND mit meinem Führungsoffizier verabredet bin. Beim Ein- oder Aussteigen treffe ich manchmal auf Kumpels aus der Stammkneipe und wir nicken uns zu. Bei denen weiß ich dann, dass die zurückhaltend sein werden, wenn ich das Gespräch mit ihnen suche, aber aus Erfahrung wissen wir alle, dass ein paar Bier die Zunge schon lösen. Meinem Führungsoffizier erzähle ich zunächst vom Besuch beim Jobcenter, weil er sich gleich danach erkundigt, und frage ihn wie immer, warum ich da alle paar Monate auftauchen muss, obwohl ich doch eigentlich gar nicht mehr arbeitslos bin. Mein Führungsoffizier lächelt zunächst, bevor er mir haarklein erklärt, dass diese Besuche wichtig seien, weil ich dann am Abend zuvor in der Stammkneipe auch wahrheitsgemäß erzählen kann, dass ich morgen einen Termin beim Jobcenter habe. Er wird auch sagen, dass ich immer mal Leute aus der Kneipe in der Warteschlange treffe und dass diese »Präsenz«, wie er es nennt, wichtig sei, um keinen Verdacht zu erwecken.

Er wird mich fragen, wie ich denn jemanden einschätzen würde, der behauptet, mit dem Amt zu tun zu haben, der aber nie etwas darüber oder nur Falsches erzählen kann?

Das sei wohlüberlegt von ihm, dass er seine Leute dort hinschickt. Ich werde wie immer verstehend nicken und anschließend fragen, ob wir unser »berufliches Verhältnis«, wie er es nennt, nicht beenden können, weil mir die Rolle als Informant psychisch zusetzt. Nein, wird er sagen, so wie Sie sind und was Sie sind, sind Sie für uns am nützlichsten und außerdem, das sagt er immer mit besonderer Betonung, brauchen Sie doch den Zuverdienst. Schöne neue Welt …

Paul Bokowski

Zeichen und Wunder

1

Auch in der Müllerstraße geschehen noch Wunder: Die Hausverwaltung hat unseren Hausflur renoviert. Wobei das eigentliche Wunder darin besteht, dass sie nicht nur voller Elan damit angefangen, sondern ihn tatsächlich auch zu Ende renoviert hat. Entgegen der diesjährigen Mode in Sachen Auslegeware ist es kein fleischfarbenes, marmoriertes PVC, sondern ein weinroter Sisalteppich, der die frischlackierten Treppen schmückt. Immer wieder klingeln jetzt wildfremde Weddinger aus der Nachbarschaft an unserer Haustür und rufen durch die Gegensprechanlage: »Wir wollen den Teppich sehen!« Dann drücke ich auf den Summer und laufe ihnen entgegen, mit einem Korb voller Souvenirs, Ansichtskarten und Erfrischungsgetränke.

2

Im dritten Stock, auf halber Treppe, sitzt ein Mann und schläft. Er trägt keine Hose. Nur ein T-Shirt mit der Aufschrift »Jürgens letzte Nacht in Freiheit« und am rechten Fuß einen weißen Socken. Obgleich der Drang besteht, wäre es doch äußert unschicklich, angesichts solch einer misslichen Lage Schindluder mit ihm zu treiben. Waren wir nicht alle schon einmal in so einer unvorteilhaften Situation? Vom Alkohol, diesem teuflischen Verführer, zu Boden gerungen? Ganz gleich, wo wir gegangen waren, gesessen hatten oder gestanden? Liegend an einer Bushaltestelle, in einer U-Bahn, in einem Kühlregal oder unter einem wildfremden Menschen, der nur Stunden später auf wundersame Weise so sehr an Attraktivität verlor, dass wir nur hoffen konnten, dass es ihm mit uns nicht anders gehen möge? Was für ein Mensch wäre ich, diesem hilflosen, schlafenden Geschöpf in dieser beschämenden Situation nicht meinen Beistand anzutragen. Schnell laufe ich zurück in meine Wohnung und hole einen zweiten weißen Socken.

3

Meine Nachbarin aus dem zweiten Stock hat sich Geld von mir geborgt. »Am Ende des Monats bekommst du es zurück!«, hat sie gesagt. Das ist jetzt zwei Jahre her.

4

Im Seitenflügel gegenüber sind neue Mieter eingezogen. Ein Pärchen aus dem Prenzlauer Berg. Gestern Nacht, gegen drei Uhr morgens, klingelt es panisch an meiner Wohnungstür. Schlaftrunken wanke ich in den Flur und öffne.

»Entschuldigen Sie bitte«, flüstert es mir entgegen. »Wir sind Ihre neuen Mieter von gegenüber. Könnten Sie vielleicht bei Ihrem Nachbarn unter Ihnen klingeln und ihn bitten, die Musik etwas leiser zu machen? Wir müssen morgen arbeiten.«

5

Meine Nachbarin von oben drüber ist gehbehindert. Der Geräuschkulisse nach zu urteilen, wurden der armen Kreatur die Unterschenkel amputiert und durch zwei Blöcke Braunkohlebriketts ersetzt. Ich finde es bewundernswert, wie sie sich trotz dieses beträchtlichen Schicksalsschlages ein Stück Normalität bewahrt hat. Es rührt mich jedes Mal zu Tränen, wenn sie mitten in der Nacht mit Inbrunst ihre Stepptanzschritte einstudiert.

6

Ich bin gestürzt. Auf den Stufen der Treppe im zweiten Stock hat sich der rote Sisalteppich gelöst. Ich beschließe, einen Brief an meine Hausverwaltung zu schreiben:

Sehr geehrter Herr Künerich,
hiermit informiere ich Sie darüber, dass sich der rote Sisalteppich in unserem Treppenhaus an verschiedenen Stellen gelöst hat. Ferner möchte ich Sie darüber in Kenntnis setzen, dass wir eine gehbehinderte Person hohen Alters in unserem Hause haben. Der gelöste Teppich stellt somit eine besondere Gefahrensituation dar. Ich bitte Sie daher darum, diese Mängel alsbald zu beseitigen.
Mit freundlichen Grüßen
Paul Bokowski

Freunde von mir sagen, ich schriebe Briefe wie ein autistischer Nazi. Wenige Tage später erreicht mich die Antwort meiner Hausverwaltung:

Sehr geehrter Herr Bokowski,
wir haben die von Ihnen beschriebenen Mängel zur Kenntnis genommen. Sollte es sich bei der von Ihnen erwähnten »gehbehinderten Person hohen Alters« um Margot Sackmann aus dem vierten Stock handeln, so sind wir gerne bereit, einen etwaigen Personenschaden wissentlich in Kauf zu nehmen.
Mit freundlich Grüßen
Harry Künerich

7

Meine Nachbarin aus dem zweiten Stock hat bei mir geklingelt. Sie hätte mir doch irgendwann mal Geld geborgt, sagt sie, das bräuchte sie jetzt ganz dringend zurück. Ich kläre sie darüber auf, dass ICH es war, der IHR Geld geborgt hatte. Gut, sagt sie und streckt ihre offene Hand nach mir aus. Dann wisse ich ja, dass sie kreditwürdig sei.

8

Abermals finde ich einen Brief meiner Hausverwaltung in meinem Briefkasten:

Sehr geehrter Herr Bokowski,
nach Durchsicht unserer Unterlagen ist uns aufgefallen, dass Sie eines unserer Objekte im Wedding bewohnen! Sie werden deshalb sicherlich nachvollziehen können, dass es sich bei dem neu verlegten Sisalteppich um einen Irrtum unsererseits handelt. Wir werden den Teppich in den kommenden Tagen entfernen und in einem unserer anderen Objekte im Prenzlauer Berg verlegen. Nach unserem Verständnis ist diese Entscheidung auch in Ihrem Interesse.
Entschuldigen Sie die vorübergehenden Annehmlichkeiten.
Mit freundliche Grüßen
Harry Künerich

Leopoldplatz

Hinark Husen

Neulich am Leopoldplatz

Zwei schwarzhaarige Mädchen im fortgeschrittenen Girly-Alter schlendern vor mir den Leopoldplatz entlang. Ich werde bewusst und freiwillig Zeuge ihrer Unterhaltung.

»Warum spielt der Libanon eigentlich nicht mit bei der WM?«

Ich bin gespannt auf die Antwort. Wie weit geht der fußballerische Sachverstand der Freundin? Absolut nicht überrascht hätten mich folgende Antworten:

1 Keine Ahnung.

2 Die sind von den Israelis daran gehindert worden.

3 Das fragen wir einfach Ali nachher mal.

4 Die spielen, glaube ich, alle bei anderen Mannschaften.

Damit hätte ich dann so ziemlich alle Schubladen geöffnet, die mein Klischeehirn mir anbietet. Die richtige Antwort kam tatsächlich so prompt, dass sie mir kaum Zeit gab, weiter in Vorurteilen zu schwelgen: »Die haben sich nicht qualifiziert.«

Besser kann man es wohl kaum auf den Punkt bringen. Und genauso treffend dann die Bemerkung der Freundin, die ihr abschließendes Urteil nach kurzer Überlegung in ein ebenso schlichtes wie treffendes Wort kleidete: »Vollidioten!«

»Libanons Gegner in der Qualifikation waren Singapur, Usbekistan und Saudi-Arabien, alle sechs Hin- und Rückspiele gingen verloren, mit null Punkten und einem Torverhältnis von drei zu vierzehn wurden sie Letzter in der Gruppe«, ergänzt die Freundin.

Jetzt begann ich doch, ein bisschen mit den Ohren zu schlackern, aber bevor ich laut »Respekt« rufen konnte, kam die Replik der Freundin: »Sag ich doch, Vollidioten!«

Frank Sorge

Stimmungen

Der Leopoldplatz ist das wunde Herz des Weddings, hier sind Granit und Asphalt härter als anderswo. Zumindest fühlt es sich für mich so an, wenn ich über den Platz schreite. Wie alle Passanten senke ich demütig den Kopf und laufe schneller über den klebrigen, fleckigen Boden mit den Scherben und dem immerwährenden Hauch »Odeur d'Urine«. Tauben zerren an Dönerleichen, hagere Trinker auf den Kirchentreppen nippen an braunen Flaschen, ein schnöder Springbrunnen schmeißt Frischwasser in die Luft, das in die Dreckdeponie der Brunnenschale hineinfällt, ohne das schlierige Gemisch darin jemals aufklären zu können. Es ist nicht schön hier, aber es darf auch nicht alles schön sein, wenn nicht alles schön ist.

Eine junge Frau spricht mich mitten auf dem Platz an und will wissen, ob ich Arbeit suche. Arbeit auf einem Straßenfest könne sie anbieten. Ich bin etwas überrascht, aber dreimal muss man nicht raten, was ich antworte.

»Pst, junge Frau«, sage ich, »wissen Sie nicht, wo Sie hier sind? Sie machen doch die ganze Stimmung kaputt.«

Ich schüttele den Kopf und will eigentlich weitergehen, dann überlege ich es mir doch anders. »Mitten auf dem Leopoldplatz im Mekka der Arbeitslosen eine Arbeit anzubieten, Mannomann, Sie sind ja mutig. Haben Sie denn keine Angst?«

»Wovor?«

»Wovor, das fragen Sie noch? Wenn die Trinker-Jungs dahinten erfahren, was Sie hier machen, dann fliegen doch sofort die Pfandflaschen.«

»Ach die, die werfen bestimmt nicht mit Pfandflaschen. Die brauchen die noch.«

»Ich meine ja auch nicht, mit vollen Pfandflaschen. Aber mit leeren Pfandflaschen.«

»Gut«, sagt sie, »ich werde es Ihnen erklären, warum ich davor keine Angst habe. Man könnte davon ausgehen, dass sechs leere Pfandflaschen eine volle sind, der Pfand reicht genau für eine neue, volle. Wenn einer von denen sechs Flaschen beisammen hat, wird er garantiert nicht eine davon hier rüberwerfen und sich wieder von der Komplettierung entfernen. Er wird eher daran arbeiten, weitere leere Flaschen zu bekommen. Selbst wenn einer doch mal eine werfen wollen würde, würde sie ihm der Nebenmann rechtzeitig abnehmen und sich empören: ›Du bist doch verrückt!‹ Wenn Sie ein Fußballbildchen-Heft mit Duplo-Fußballerbildern haben und sagen wir mal, Manuel Neuer fehlt Ihnen noch, und Sie haben gerade das letzte Paket Fußballbilder-Duplos im Supermarkt ergattert – würden Sie dann die geschlossene Packung verschenken? Nein, Sie würden jedes Duplo alleine öffnen, ganz allein, und alle heimlich aufessen. Oder sie alle auspacken, die Bilder sichern und die Schokolade den Freunden auf einem Silbertablett servieren. Mindestens aber sehen Sie sich jedes Duplo einzeln an und versuchen durch die minimal transparente Folie den eingeschlossenen Spieler zu erkennen. Oder? Bei Manuel Neuer ist das womöglich noch einfach, weil die Torwarte ja farblich herausstechen.«

»Entschuldigung«, versuche ich zu unterbrechen, »könnten Sie den ersten Satz noch einmal wiederholen, ich verliere langsam den Überblick.«

»Kleinen Moment, junger Mann, Sie wollen ja eh nicht arbeiten, dann können Sie auch zuhören. Nehmen wir aber einmal an, Ihnen fehlt noch Mario Gomez. Haben Sie schon mal versucht, Mario Gomez im geschlossenen Zustand im Duplo zu erkennen? Bestimmt nicht, aber *ich* habe es versucht und bin kläglich gescheitert.«

»Wenn sie Duplos schmeißen würden, bräuchten Sie ja auch keine Angst haben.«

»Ich bin noch nicht fertig, hallo, hier jetzt nicht weitergehen. Nächste Frage: Kleben Sie einzelne Treueherzen aus Spaß an Laternenpfähle, wenn Sie fast alle zusammen haben für das erste Geschenk?«

»Laternenpfähle?«

»Herzen.«

»Ich sammle gar keine Treueherzen.«

»Das klingt aber ungehörig, nein, junger Mann, meine These ist in diesem Fall, dass hier keine Flasche landen wird, weil alle entweder auf dem Weg zur sechsten leeren Flasche sind oder gerade eine volle Flasche getauscht haben und sich jetzt von der harten Pfandarbeit erschöpft zu einer Pause auf der Bank niederlassen. Die aber wiederum, das haben Sie selbst gesagt, werden die vollen Flaschen nicht schmeißen, also fühle ich mich hier sicher.«

»Okay«, gebe ich zu, »ein volles Bier schmeißt man nur im Ernstfall.«

»Und was wäre das?«

»Ein Brand vielleicht, oder ein Krieg.«

»Genau, und beides ist hier nicht im eigentlichen Sinne zu finden. Wenn ich hier Arbeit anbiete, dann interessiert das die Jungs nicht die Bohne. Ich könnte auch Bohnen anbieten, das würde die auch nicht die Bohne interessieren.«

»Ich finde Bohnen ganz spannend«, sage ich, »wussten Sie, dass Pythagoras davon ausging, dass neben Menschen und Tieren auch Bohnen eine Seele besitzen?«

»Interessiert mich nicht die Bohne, aber wissen Sie, was mich interessiert?«

»Nein, aber Sie werden es mir sicher erzählen.«

»Warum sich nur die mit Arbeit beschweren, dass ich Arbeit anbiete, und nicht die ohne.«

»Haben sich denn schon mehrere beschwert?«

»Nein, Sie sind der Erste, aber was arbeiten Sie?«

»Ich bin selbstständig.«

»Das meine ich, genau das, das kann auch nur einem Selbstständigen einfallen, sich über Arbeit anderer zu beschweren. Pah, gehen Sie bitte weiter, das ist ja nicht auszuhalten, traurig ist das ja. Wäre Ihr Pythagoras hier bei uns, würde er vermutlich jetzt denken, dass doch nur Bohnen und Tiere eine Seele haben, merken Sie sich das. Sie haben mich sehr enttäuscht, so ein netter junger Mann, denkt man da, dem bietet man mal einen Job an, damit er sich neue Klamotten leisten kann und man vielleicht dann mal gemeinsam was arbeiten kann, auf dem Straßenfest. Und mehr wäre wohl auch drin gewesen, bei der Arbeit immer mal eine schnelle Nummer im Lieferwagen, später Kinder und das gemeinsame Erbe, eins meiner Familienanwesen am Atlantik. Finanziert von einem Straßenfest-Imperium, bei dem längst andere *schubbern* müssen, und man selbst hängt mit dem Günstling am Privatstrand rum und steckt sich gegenseitig aus Langeweile Geldscheine in den Ausschnitt.«

Ich mache gar nichts, das aber ganz schön heftig.

»Na ja«, seufzt sie, »schade, aber so ist das nun mal. Die einen haben schon, was sie brauchen, und die anderen wussten nie, was sie hätten bekommen können. Nehmen Sie wenigstens den

Zettel, den ich vor lauter Aufregung schon zu sehr verknittert habe, zum Mülleimer mit. Ich kann ihn sowieso keinem anderen mehr anbieten, werfen Sie ihn gleich weg, da hinten am Rand des Platzes, da wollten Sie doch eh gerade hin.«

Seit ein paar Monaten jetzt arbeite ich durch ihre Vermittlung auf allen möglichen Straßenfesten und Plätzen. Einen Job konnte ich plötzlich doch ganz gut gebrauchen. Nur ihr bin ich leider noch nicht wieder begegnet. Auch meinen Chef habe ich nach ihr gefragt, aber er behauptete, er könne sich nicht an sie erinnern.

»Wir brauchen ja keine jungen Frauen, wir haben ja jetzt Sie«, hat er gesagt und mich eilig aus dem Büro gebeten. Ob es was mit den Luftmatratzen, Sonnenschirmen und Handtüchern zu tun hatte, die er notdürftig hinter seinem Schreibtisch versteckte, kann ich nicht sagen. Gesehen habe ich ihn seitdem auch nicht mehr, um ihn zu fragen.

Ich stand bald allein auf Straßenfesten und Plätzen herum und fasste einen Entschluss. Der Nächste, der anbeißen würde, dem würde ich meinen eigenen Job vermitteln. Das klang ausnahmsweise mal nach einer wirklich guten Idee.

Paul Bokowski

Bankgeflüster

ICH: Guten Morgen.

FRAU BEFELD: Tach.

ICH: Kann ich Sie was fragen?

FRAU BEFELD: Ob Se könn' ,weeß ick nich', aber Se könn's jerne ma vasuchen.

ICH: Geht auch ganz schnell.

FRAU BEFELD: Ja, ja. Dit sach ich och imma. Stümmt nie.

ICH: Darf ich trotzdem?

FRAU BEFELD: Klar. Dabei mach ick hia seit neune extra 'n Jesicht, dass niemand uffe Idee kommt, mia wat fragen zu woll'n. Aber bitte bitte. Schieß'n Se ruhig los, junger Mann.

ICH: Ich hab Probleme mit dem Bankautomaten.

FRAU BEFELD: Soll ick ihn ma was anvatraun?

ICH: Aber bitte. Gern.

FRAU BEFELD: Dit is keene Frage, dit is 'ne Aussage.

ICH: Wo Sie recht haben, haben Sie recht.

FRAU BEFELD: Seh'n Se. Aber Sie seh'n mia aus wie 'n kleveret Kerlchen. Sie kriejen dit schon noch hin mit die Fragerei. Sie müssen dit Janze nur 'n bisschen umformulieren.

ICH: Einverstanden: Warum hab ich Probleme mit dem Bankautomaten?

FRAU BEFELD: So jut kenn ick Se leider nicht.

ICH: Sind sie kaputt?

FRAU BEFELD: Nee. Ick war schon immer so.

ICH: Nicht Sie! Ob die Bankautomaten kaputt sind, will ich wissen.

FRAU BEFELD: *(Nachäffend.)* »Da kommt keen Geld aus 'm Automat. Ick gloob der is im Eimer!«

ICH: Bitte?

FRAU BEFELD: Dit is imma dit Erste, was ick zu hören bekomme. Is Ihn schon ma in 'n Sinn jekommen, dass es da vielleicht 'n andern Zusammenhang jibt, wenn der Automat nichts hergeben will.

ICH: Ich will aber gar nichts abheben.

FRAU BEFELD: Ach so! Na dann is dit ja och keen Wunder, dass da nüscht kommt! Sin' Se also doch nich' so klever wie ich anfangs jedacht hab.

ICH: Sie versteh'n mich nicht.

FRAU BEFELD: Würd ick zwar 'n bisschen anders formulieren, aber im Grunde ham Se recht. Ick vasteh Se würklich nich'.

ICH: Ich will nichts abheben. Ich will was einzahlen!

FRAU BEFELD: Wat soll'n Se?

ICH: Was einzahlen!

FRAU BEFELD: Wie »was einzahlen«?

ICH: Na, was einzahlen will ich. Geld. Aus meiner Hand auf mein Konto.

FRAU BEFELD: Se sind nich von hia, wa?

ICH: Was?

FRAU BEFELD: Komm Se ma her.

ICH: Was?

FRAU BEFELD: Komm Se ma näher.

ICH: *(Rückt näher.)*

FRAU BEFELD: Noch näher.

ICH: *(Rückt noch näher.)*

FRAU BEFELD: Dreh'n Se sich ma um. Aber langsam. Seh'n Se dit. Die Leute da. Inna Schlange hinta Ihn'? Zwanzig traurige Jesichter. Eens hässlicher wie dit andere. Glooben Se ernsthaft, von denen will ooch nur eener was einzahl'n?

ICH: Wollen Sie mir weismachen, dass man bei Ihrer Bank kein Geld einzahlen kann?

FRAU BEFELD: Wenn dit meene Bank wär, würd ick och keene Einzahlungen anbieten. Ick würd aber och keene Auszahlungen machen. Is aba nich meene Bank.

ICH: Zum Glück.

FRAU BEFELD: Jetzt wer'n Se mia ma nich' unfreundlich junger Mann.

ICH: Kann ich nun was einzahlen oder nicht?

FRAU BEFELD: Kann ick ihn nich' sagen. Kommt hia nich' so häufig vor. Ick arbeite ja auch noch nicht so lange hia.

ICH: Seit wann denn?

FRAU BEFELD: Lassen Se mich ma rechnen. Wann war dit mit die Mauer?

ICH: '89?

FRAU BEFELD: Nee. '61.

ICH: Ich hab das Gefühl, wir kommen hier nicht weiter.

FRAU BEFELD: Kenn ick. Kenn ick sehr jut. Ick hab dit Jefühl jeden Tag. Montag bis Freitag. Von Neune bis um Fünf.

ICH: Sie können also gar nichts für mich tun?

FRAU BEFELD: Ick kann ma den Filialleiter fragen wegen die Einzahlung. Heeßt dat wirklich so? Ein-Zahlung? Klingt so komisch. Gloob nich, dass ick dit Wort schoma inn Mund jenommen hab. Ein-Zahlung. Na, ick frag mal den Herrn Heßlein, damit Se sich 'n bisschen besser fühlen. *(Brüllt.)* Herr Heßlein! Hier will einer was einzahlen.

HERR HESSLEIN: Wat will der?

FRAU BEFELD: Wat einzahl'n will der.

HERR HESSLEIN: Wie »wat einzahl'n«?

FRAU BEFELD: Na wat einzahl'n! Geld. Vonner Kralle uffs Konto!

HERR HESSLEIN: Is nich' von hier, wa?

FRAU BEFELD: Nee. Ick gloob, der will investieren.

HERR HESSLEIN: Investieren? Im Wedding?

FRAU BEFELD: Ja.

HERR HESSLEIN: Hat der ma inne Zeitung gekuckt die letzten zwei Jahre. Wie's uns hier so geht? Bei dem ganzen Euro-Debakel will doch keener mehr was einzahlen. Zeig'n Se ihm ma den Conny.

ICH: Wen?

HERR HESSLEIN: Na, Conny!

ICH: Wer ist denn Conny?

HERR HESSLEIN: Kieken Se ma raus. Rüber. Auf 'n Leo! Seh'n Se den Mann mit die Brüste und die Lederweste? Mit der tätowierten Gesichtshälfte und dem Sternburg inna Hand? Dit is Conny! Conny is der Letzte, der hier was eingezahlt hat. Und jetzt schau'n Se ma, was aus dem jeworden is.

FRAU BEFELD: Verstecken Se Ihr Geld doch lieba unter die Matratze. Wenn Se keen Bettnässer mehr sind, ham Se da wenigstens Kapitalschutz.

ICH: Sie müssen mir doch irgendeine Form von Kapitalzuwachs anbieten können. Tagesgeld, Sparbuch, Anleihen, Festgeld, irgendwas.

HERR HESSLEIN: Kenn' Se dit Nähmaschinencenter anna Ecke? Gleich gegenüber is 'ne Türkenbank. Die sind noch nich inner EU. Den geht's noch besser als uns. Probier'n Se da ma Ihr Glück.

ICH: Ich kann doch nicht mal Türkisch.

FRAU BEFELD: Wat soll er denn dann bei die Türken?

HERR HESSLEIN: Dann soll er halt in die Zahnklinik nebenan gehen und sich ein paar Goldzähne machen lassen. Dann hat er wenigstens was für später. Für die Kinder. Zum Vererben.

ICH: Ich will keine Goldzähne. Ich will auch zu keiner türkischen Bank. Hör'n Sie. Ich bin extra von der Deutschen Bank zur Sparkasse gewechselt. Ich will mein Geld anlegen!

HERR HESSLEIN: Jetzt machen Sie doch keinen Aufstand. Wie viel will er denn?

FRAU BEFELD: Was?

HERR HESSLEIN: Na, einzahl'n!

FRAU BEFELD: Wie viel woll'n Se denn einzahl'n?

ICH: Hundert.

FRAU BEFELD: Hundert was?

ICH: Euro!

FRAU BEFELD: Hundert Euro will er einzahl'n!

HERR HESSLEIN: Hundert Euro!? Was ham Se denn vor? Woll'n Se 'ne Bank übernehmen?

ICH: Bitte?

HERR HESSLEIN: Ich mach Ihn 'n Vorschlag. Sie lassen das mit der Einzahlung.

ICH: Nein! Ich will jetzt was mit Zinssatz. Irgendwas! Ich kauf auch Aktien.

HERR HESSLEIN: Jetzt hör'n Se doch ma zu! Das brauch in der Zentrale doch niemand zu wissen, dass hier bei uns jemand versucht hat, Geld einzuzahlen. Wir regeln das unter uns! Sie lassen das mit der Einzahlung einfach und wir geben Ihnen dafür eine pauschale Zinsauszahlung.

ICH: Eine pauschale Zinsauszahlung!?

HERR HESSLEIN: Ja. Sagen wir fünfzig Euro. Bar auf die Hand. Aus reiner Kulanz! Bleibt aber unter uns! Und nur, wenn

Sie mir versprechen, dass Sie nie wieder zu uns in die Filiale kommen.

FRAU BEFELD: Na, dit Glück will ick och ma ham.

ICH: Gut. Abgemacht!

HERR HESSLEIN: Frau Befeld, zahl'n Sie dem jungen Mann bitte fünfzig Euro aus und dann raus hier mit dem Kapitalistenschwein.

FRAU BEFELD: Da ham Se ja richtig Glück jehabt, junger Mann. Sonst ist der Herr Heßlein nich so 'ne kulante Type. Schon jar nich im Umjang mit die Kundschaft. Hier ham Se Ihre fünfzig Euro.

ICH: Danke.

FRAU BEFELD: Eene Frage hätt ick da aber noch. Kann ick?

ICH: Ob Sie können weiß ich nicht, aber Sie könn's gerne mal versuchen.

FRAU BEFELD: So unter uns. Sie, mit Ihrem Hunni. Bei wie vielen Banken sin' Se heute schon jewesen?

ICH: Siebzehn oder achtzehn.

FRAU BEFELD: Und wo geh'n Se jetzt hin?

ICH: Na, ich probier's mal bei den Türken.

FRAU BEFELD: Hab ick's doch jesacht: 'N ganz kleveret Kerlchen.

(Ende der Szene.)

Volker Surmann

Szene auf der Müllerstraße

»Kommst du wohl zurück, Bitch!«

Dass die Umgangsformen im Berliner Wedding eher roh sind, war mir bewusst, doch so grob war mir der Ton auf offener Straße bislang nicht vorgekommen. Ich erschrak und dachte einen kurzen Moment wirklich, dass die aggressive Männerstimme mich meinen könnte.

»Ey, Bitch! Hab ich dir erlaubt, da hinzugehen?«

Ich schaute mich um und erblickte erwartungsgemäß einen kurzhaarigen Picaldi-Jeans-Proleten mit Goldkettchen, jedoch nicht die dazugehörige Bitch. Es brauchte einen Moment, bis ich begriff, dass er mit dem Mops zu seinen Füßen sprach.

Ku'damm des Nordens

Robert Rescue

Wie man Auswärtigen den Wedding erklärt: Der Kiosk im City Point Center

Als Ernst Wölbitsch seinen Kiosk im City Point Center auf der Müllerstraße eröffnete, fiel ihm auf, dass etwas fehlte: »Ich stand da hinter meinem Tresen, besah mir die Auslagen und dachte dann, irgendetwas fehlt hier. Etwas, das meinen Kiosk zu einer ersten Adresse macht. Ich hatte zwar Tageszeitungen und Magazine aller Art, dazu Rauchwaren und sinnlose Rauchergimmicks, aber es fehlte das Besondere, das meinen Kiosk von all den anderen Kiosken im Wedding unterscheiden würde. Nach einer Weile fiel es mir dann ein – mir fehlten Waffen.«

Was den Wedding von anderen Bezirken unterscheidet, ist das intensive Miteinander im täglichen Leben. Überall lauern Krisenherde und mitunter wird selbst der unscheinbarste Kinderspielplatz zur No-Go-Area, wenn man nicht die Mittel bei sich trägt, um sich eine Horde schlechtgelaunter Kids mit Migrationshintergrund vom Leib zu halten. Untersuchungen haben ergeben, dass ein durchschnittlicher Haushalt im Wedding mehr Waffen hortet als ein sunnitisches Dorf im Irak. Zwei der Gründe, warum der Wedding bislang nicht zum Szenebezirk aufgestiegen ist, sind seine hohe Gewaltbereitschaft und der lockere Umgang mit Rechtsauffassungen. Kleinfamilien, denen es im Prenzlauer Berg zu ruhig ist, ist der tägliche Spießrutenlauf durch die Straßen des Weddings zu gefährlich. Business Administratoren aus Mitte wären Freiwild für Attentäter aus allen Ecken, wenn sie die Müllerstraße langlaufen und nicht die Umgebung im Auge behalten, weil sie gerade konzentriert ein wichtiges Meeting am Handy besprechen.

Früher mussten sich die Weddinger die Waffen woanders besorgen, zum Beispiel im Baumarkt in Reinickendorf. Das ist weit entfernt vom Wedding und die Reinickendorfer waren nicht gut darauf zu sprechen, dass die Weddinger ihnen die Waffen wegkauften. Regelmäßig kam es zu Scharmützeln an der Bezirksgrenze. Das hat jetzt ein Ende, denn die Geschäftsidee von Ernst Wölbitsch wird von den Weddingern gerne angenommen. Wie das genau aussieht und wohin das bisweilen führen kann, zeigt das folgende Verkaufsgespräch:

»Guten Tag, der Herr, was darf es sein?«

»Ich hätte gerne eine *taz*, zwei Blendgranaten, eine Tüte Wurfsterne, eine *Porno heute*, eine AK-47 sowie eine Schachtel *Marlboro*.«

»Kein Problem. *Taz*, hier bitte. Die Blendgranaten sind diese Woche im Angebot, gratis dazu gibt es eine Original Wehrmachtshandgranate, wo aber nicht sicher ist, ob sie noch funktioniert. Die Kalaschnikow bieten wir ab sofort in einer modifizierten Form an. Mehr Durchschlagskraft, mehr Effizienz und so. Bekommen wir von der israelischen Armee geliefert. Bei denen heißt dieses Modell »Shalom«. Witzig, oder? Dazu gibt es diese Woche ein Tütchen mit panzerbrechender Munition gratis dazu. So, dann noch die *Porno heute*. Die Tüte Wurfsterne muss ich Ihnen unter der Theke durchreichen, da Besitz und Verkauf offiziell verboten sind. Aah, mein Rücken … So, die Sterne sind noch mit echter Weddinger Hundescheiße bestrichen, damit Ihr Opfer, falls Sie es nicht direkt töten, an einer Infektion stirbt. Und die *Marlboro*, wie möchten Sie die? Light, Heavy, grün, braun, silber, rot, blau oder Schoko?«

»Silber.«

»Gut, der Herr, das macht dann 371,13 Euro.«

»Hier sind vierhundert Euro. Den Rest können Sie behalten.«

»Danke, der Herr. Haben Sie noch einen Wunsch? Brauchen Sie vielleicht eine Tüte?«

»Nein, brauche ich nicht. So, und jetzt rück mal die Kasse raus.«

Hinark Husen

Mal nett sein, schön

Dienstagmorgen vor dem City Point in der Müllerstraße. Ich bin ausgesprochen guter Laune und habe keine Ahnung, warum. Ist eben einfach passiert, hoppla, gute Laune. Ich bin zu spät aufgestanden und hatte noch nicht mal einen Kaffee. Draußen ist übelstes Novemberwetter und bei mir schleicht sich, holterdiepolter, gute Laune ein. Schwamm drüber und mal gucken, wie lange es anhält. Bloß nicht allzu sehr auffallen, darauf achten, dass die Mundwinkel nicht allzu stark nach oben gezogen sind, sonst fühlen sich die Leute angegrinst, und das mag man hier gar nicht. Gute Laune ist im Wedding auch gerne mal ungesund, wenn sie allzu mitteilsam daherkommt.

Beim Abschließen des Fahrrades bemerke ich den älteren Obdachlosen vor der Shoppingcenterglastür. Er hält einen Pappbecher mit beiden Händen umschlossen, zwischen den Fingern der rechten Hand noch eine brennende Kippe, und schaut ein bisschen orientierungslos. Keiner von den bekannten Gesichtern. Auch das Outfit ist noch leidlich in Ordnung, scheint neu zu sein. Mich befällt plötzliche, spätrömische Antidekadenz. Ich zücke schon beim Einstecken des Schlüssels mein Portemonnaie und suche ein Fünfzig-Cent-Stück heraus. Ein bisschen dürfen sich andere auch freuen. Seit ich in letzter Zeit so selten U-Bahn fahre, komme ich gar nicht mehr dazu, mal einen Taler abzudrücken.

Energischen Schrittes gehe ich auf den Mann zu und versenke das Geldstück in seinem Becher, er macht ein völlig konsterniertes Gesicht. Der Tag scheint nicht gut für ihn zu laufen. Und auch das Geldstück scheint verwirrt zu sein, es will so gar nicht klimpern, das Geräusch ist eher ein *Blubb*. Immerhin schwappt der Kaffee nicht über, er war wohl schon zur Hälfte ausgetrunken.

Ich sehe zu, dass ich ganz schnell in den Laden komme, ich will den Mann nicht zu einem »Dankeschön« nötigen. Ich habe ja auch nicht »Bitte« gesagt, oder besser noch »Entschuldigung«, was wohl angebrachter gewesen wäre. Immerhin habe ich noch den Tatzenaufnäher auf dem Steppjackenärmel erkannt. Ein Penner mit Jack-Wolfskin-Jacke und Kaffee im Spendenbecher, wie unprofessionell ist das denn? Ich höre noch, wie er mir »EY DU PENNER!« hinterherschreit, habe aber keine große Lust, diese Verwechslung wirklich aufzuklären. Sollte ihm der Kaffee nicht mehr schmecken, kann er sich unten bei *Kaiser's* für die fünfzig Cent einen neuen kaufen, so viel ist immerhin sicher.

Ich habe erstaunlicherweise immer noch gute Laune, obwohl sich echte Freude über meine gute Tat nicht einstellen will. Im Supermarkt benötige ich nur Kleinigkeiten, und da es bei *Kaiser's* in der Müllerstraße nie voll ist, bin ich schon nach wenigen Minuten an der Kasse vorbei und gehe auf den Backshop zu. Möglicherweise ist der Kerl noch oben und ich beschließe, einen Kaffee zu ordern. Ich bin fast dran, zwei Kunden sind vor mir, als die Jack-Wolfskin-Jacke am Tresen vorbei in den Hinterraum läuft. Sehr merkwürdig, ob er sich vielleicht ein paar Brötchen vom Vortag herausgeben lässt? Als ich an der Reihe bin, kommt der Obdachlose heraus, jetzt aber hat er einen weißen Kittel an, mit dem Emblem der Backstube. Immerhin ein Obdachloser *mit Job*, soll es ja auch geben. Ich bestelle meinen Kaffee bei der Kollegin, und tja, was soll ich sagen, so recht traue ich mich nicht mehr, ihm den Kaffeebecher zu geben, hatte ja selber auch noch keinen.

Wahrscheinlich hat er das kleine Missgeschick eh schon wieder vergessen, ich nehme also den Becher und mache mich auf den Weg zur Rolltreppe, natürlich nicht ohne beiden Verkäufern noch einen schönen Tag zu wünschen. Kurz vor der Treppe werde ich von hinten angetippt. Natürlich ist es Jack Wolfskin, aus der Nähe betrachtet sieht er auch gar nicht mehr so alt und obdachlos aus.

»Sie haben Ihr Wechselgeld vergessen«, sagt er freundlich und ich weiß, dass ich meine Hand jetzt nicht auszustrecken brauche. Es klimpert wieder nicht, es blubbt nur ein bisschen.

»Dankeschön« höre ich mich sagen und kann ein leichtes Grinsen nicht unterdrücken.

»Kein Problem«, höre ich ihn sagen, »und schönen Tag noch.«

Ich nippe am Kaffee, er schmeckt völlig ok. Draußen am Fahrradständer sitzt ein Punkpärchen neben meinem Rad und quatscht mich an: »Ey, hast du mal ein bisschen Kleingeld?«

»Ja«, sage ich, und stelle ihnen den Kaffee auf den Boden, »aber bitte langsam trinken und nichts verschlucken.«

Sie schauen mich nur blöde an. Und die gute Laune hielt an diesem Tag noch erstaunlich lange.

Robert Rescue

Im Bürgeramt Wedding

Ich sitze im Wartesaal des Bürgeramtes Wedding und starre auf den Zettel mit der Wartenummer. Dort steht die Zahl 380. Auf der Anzeigetafel werden die Nummern 115, 116 und 117 aufgerufen. Ich versuche mir auszumalen, wie lange ich hier sitzen muss, und komme auf drei Jahre. Wieder einmal ärgere ich mich über meine Naivität im Umgang mit Behörden. Als ich vor Jahren hierher gezogen bin, habe ich mich eines Mittags aufgemacht, um mich umzumelden, und auf dem Weg zum Bürgeramt gedacht, dass das sofort erledigt sein wird. Auch heute habe ich mit dem gleichen Gedanken das Haus verlassen. Damals musste ich fünf Stunden auf meinen Aufruf warten und das gleiche Schicksal droht mir wohl auch heute. Während des Wartens kann man viele Dinge so nebenher erledigen. Ein Kind zeugen, einen Baum pflanzen oder ein Haus bauen zum Beispiel. Wenn man danach wieder zum Bürgeramt geht, hat man vielleicht Glück und wird gleich aufgerufen oder muss nur noch drei Stunden warten. Ich bin hier, um ein polizeiliches Führungszeugnis zu beantragen. Der Kulturverein, bei dem ich ehrenamtlich mitarbeite, hat mich dazu aufgefordert, nachdem mir beim Plenum das Misstrauen ausgesprochen wurde.

Ich gehe nach draußen, um eine zu rauchen. Ein Mann kommt auf mich zu und will mir eine Zigarette abkaufen. Ich drehe ihm eine und will kein Geld. Unten an der Treppe stehen seine Kumpels. Alle haben Musikinstrumente in der Hand. »Hey Mann«, sagt der Typ vor mir. »Wir sind eine Musikgruppe aus Mazedonien und wollten eine Auftrittsgenehmigung für die U-Bahn beantragen. Die BVG sagt, dafür seien sie nicht zuständig, sondern das Bürgeramt Mitte. Da waren wir dann und es waren wenig Leute da. Vielleicht zwanzig oder so. Und da sagten die uns, das Bürgeramt Wedding wäre zuständig. Und jetzt schau dir das an. Das sind ja Hunderte, die da warten. Wir sind echt Dödel.«

Ich horche auf. Hat er gerade »Dödel« gesagt? Von einem Migranten hätte ich eher ein »Idiot« oder »Depp« erwartet, aber nicht »Dödel«. Der Mazedonier bedankt sich und geht wieder zu seinen Kumpanen. Kurze Zeit später beobachte ich zwei Teens. Das eine geht voran und scheucht die Tauben vor sich her, während das andere zögerlich folgt.

»Die doofen Dinger machen mir Angst«, höre ich es von dem einen Teen.

Das andere Teen antwortet: »Ich hab die verscheucht. Jetzt komm endlich.«

Als sie an mir vorbei sind, meint das eine Teen: »Die könnten uns ruhig so einen Sachbearbeiter nach draußen schicken.«

Ich schaue den beiden hinterher. Was glauben die, wo sie sind? Ich gehe wieder rein, setze mich hin und greife zu meinem Smartphone. Ich setze auf Facebook ein Posting ab und informiere alle meine Freunde über mein Dilemma. Kurz darauf antwortet der Erste und berichtet zu meinem Erstaunen, dass man beim Bürgeramt Wedding auch Termine vereinbaren kann. Ich klicke auf den mitgeschickten Link und lese kurz darauf: »Ab sofort können Sie auf Wunsch für alle Sprechtage einen Termin vereinbaren. Zur Terminvereinbarung rufen Sie uns bitte unter der Servicenummer an (4,99 € pro Minute) oder besuchen Sie unsere Website.«

Ich schaue zu den anderen Wartenden. Ob einer von denen von diesem Service weiß? Alle halten Wartemarken in den Händen. Ist keiner auf die Idee gekommen, im Internet nachzuschauen? Haben die alle kein Internet? Sind die alle hier, um eine Zuwendung zu beantragen, die ihnen Internet ermöglicht? Ich überlege, mein neues Wissen kundzutun, um allen hier eine Erkenntnis mitzuteilen, die das nervenaufreibende Warten im Bürgeramt künftig vergessen macht. Aber warum sollen die das wissen? Es reicht doch, wenn ich das weiß.

An einer Säule sehe ich ein Plakat und lese: »Schiller-Bibliothek – die Bibliothek im Bürgeramt. Warten Sie doch bei uns!«

Wenn das so gemeint ist, wie es da steht, dann rechnet offenbar niemand im Bürgeramt damit, dass irgendwer bei ihnen anruft, um einen Termin zu vereinbaren. Vielleicht haben die Angestellten Kameras installiert und erfreuen sich am Leid der Wartenden? Vielleicht wurde der Service gegen ihren Willen eingerichtet und sie tun alles dafür, dass niemand davon erfährt? Ich nehme das Smartphone, schreibe eine E-Mail an das Bürgeramt und frage, ob ich für jetzt gleich einen Termin haben kann. Kurz darauf kommt eine Antwort.

»Sitzen Sie im Wartesaal?«

»Ja«, schreibe ich zurück.

»Haben Sie eine Wartemarke gezogen?«, heißt es kurz darauf.

»Ja, die habe ich«, schreibe ich und bin zuversichtlich, dass gleich ein Sachbearbeiter erscheint und mich aufruft.

»Dann warten Sie Ihren Aufruf ab«, erfahre ich bald darauf.

Gefühlte acht Stunden später wird meine Nummer angezeigt. Die Sachbearbeiterin an Platz 14 nimmt meinen Ausweis entgegen, tippt etwas in den Computer und drückt mir dann eine Chipkarte in die Hand.

»Mit der gehen Sie über den Verbindungsgang in den Altbau und folgen dort der Beschilderung, die zur Kasse weist. Da zahlen sie dann die dreizehn Euro Bearbeitungsgebühr und kommen wieder hierher. Der Rekord liegt bei sechzehn Minuten. Viel Erfolg!«

Ich verstehe nicht, was mit dem Rekord gemeint ist, frage aber nicht nach. Das Gebäude, in dem das Bürgeramt sitzt, ist der Neubau. Direkt daneben steht der Altbau, wo so gut wie niemand mehr arbeitet. Wie befohlen gehe ich durch den Verbindungsgang zum Altbau und laufe durch lange, verlassene Flure und folge dabei den Richtungsschildern zur Kasse. Nach einer halben Stunde denke ich mir, dass sie die Kasse ruhig in die Nähe des Verbindungsganges hätten stellen können, während ich Treppen rauf- und runtersteige und keine Menschenseele erblicke. Dann endlich sehe ich die Kassenterminals vor mir und zahle die Gebühr. Der Automat spuckt eine Quittung aus und mit der trete ich den Rückweg an. Nach insgesamt einer Stunde sitze ich wieder am Schreibtisch der Sachbearbeiterin. Was mit dem Rekord gemeint ist, weiß ich jetzt.

»Ich habe gehört, dass es die Möglichkeit gibt, einen Termin zu vereinbaren. Stimmt das?«, frage ich die Frau mir gegenüber.

»Davon weiß ich nichts«, antwortet sie bestimmt und wechselt das Thema: »Die Bearbeitung wird etwa zwei bis drei Wochen in Anspruch nehmen. Dann erhalten Sie Post von uns.«

Ich verlasse den Schreibtisch und überlege auf dem Weg nach draußen, warum es in den Zeiten von Internet, Datenbanken und E-Gouvernement bis zu drei Wochen dauert, bis irgendein Bürokrat in irgendeinem Verzeichnis nachgeschaut hat, ob ich was ausgefressen habe. Vielleicht, so mutmaße ich in einem Anflug von Wahnsinn, habe ich gerade wieder eine Wartemarke gezogen.

Heiko Werning

Internationaler Führerschein

»Also, es ist alles ganz einfach«, versicherte der Mann vom Reisebüro, »Sie gehen im Flughafen von Santiago einfach zum Schalter der Mietwagenfirma, legen diesen Gutschein, Ihren Pass, den Führerschein und den Internationalen Führerschein vor, und dann können Sie direkt den Wagen in Empfang nehmen.«

Das klingt gut, dachte ich. Also, Gutschein nicht vergessen, Pass und Führerschein habe ich ja eh in der Tasche, und den – was? Erstaunt sah ich ihn an: »Den Internationalen Führerschein?«

»Ja, steht hier. Den brauchen Sie zur Übergabe.«

»Wieso das denn? Was will denn die Mietwagenfirma damit?«

»Keine Ahnung. Steht hier halt.«

Der Internationale Führerschein. Das nutzloseste Papier der Welt, gleich nach dem Stimmzettel für die Bundespräsidentenwahl, der Biografie von Karsten Maschmeyer und der SZ-Ausgabe mit diesem Grass-Gedicht. So, das muss ja auch mal gesagt werden. Kein Mensch braucht einen Internationalen Führerschein. Ich reise seit rund zwanzig Jahren durch alle Welt, immer hatte ich den Internationalen Führerschein dabei, und noch nie, nicht ein einziges Mal hat jemand das Ding sehen wollen. Ganz zu Beginn meiner touristischen Karriere habe ich es ein paarmal vorgezeigt und damit jedes Mal Achselzucken oder Kopfschütteln provoziert, einmal auch helle Aufregung, weil der Polizist im ecuadorianischen Amazonastiefland bereits die Führerscheine von Hunderten deutscher Touristen gesehen hatte und also wusste, wie so was in richtig aussieht. Aber das, was ich ihm da vorhielt, das hatte er noch nie gesehen, da musste ich erst mal mit zur Wache kommen, und nur ein Machtwort des Stationsvorstehers dort ermöglichte, dass wir weiterfahren durften, trotz des dubiosen, offensichtlich ja in betrügerischer Absicht vorgezeigten Papiers. Seither habe ich den Wisch immer schön stecken lassen, hatte ihn allerdings aus Sicherheitsgründen doch immer dabei, weil es offiziell in manchen Ländern Pflicht ist. Vermutlich irgendein historischer Anachronismus. Falls es überhaupt je für irgendwas gut war. Zum Autofahren jedenfalls nicht, denn mit dem Teil allein darf man ohnehin nichts machen, es gilt nur in Verbindung mit dem richtigen Führerschein. Nein, ich muss meiner Einschätzung widersprechen. Das Ding ist sogar noch nutzloser als die SZ mit diesem Gedicht, denn in die kann man wenigstens beim Fischhändler den Fisch einwickeln. Fischhandel, das ist ja überhaupt auch so eine verjudete Branche. Warum sagt Grass da eigentlich nichts zu? Wie dem auch sei: Mit dem Internationalen Führerschein kann man schlicht überhaupt nichts machen.

Der Mann vom Reisebüro beharrte aber darauf, dass er nicht garantieren könne, ob mir der Wagen ohne den Wisch ausgehändigt würde. Ich seufzte.

Ich hatte keine Ahnung, wo mein Internationaler Führerschein sein könnte. Ich dachte nach. Ach verdammt, letztlich ist es ja ganz egal, wo, das Ding ist doch sowieso längst abgelaufen. Und am übernächsten Tag wollten wir starten. Sechsunddreißig wertvolle Stunden, und eine unkalkulierbare Anzahl davon sollte ich nun für eine Behörde opfern. Eine schnelle Internetabfrage zu Hause bestätigte meine schlimmsten Befürchtungen: zuständig ist das Bürgeramt Wedding. Das Bürgeramt Wedding! Mit Grausen erinnerte ich mich an meinen letzten Besuch dort. An stundenlanges Warten in einem Saal, der eher an ein Flüchtlingscamp erinnerte. An ein wahnwitziges Anmeldesystem, bei dem man erst ewig in einer Schlange anstehen muss, um sein Anliegen vorzubringen, um dann die Erlaubnis zu bekommen, eine Wartemarke ziehen zu dürfen. An einen absurden Kassenautomaten, den sie irgendwo im Keller in einem ganz anderen Gebäude versteckt haben. An eine Bürgeramtsmitarbeiterin, die mich in einer Tour ausgeschimpft hat, weil ich *gottweißwas* falsch ausgefüllt hatte. Sechsunddreißig Stunden nur noch – das würde knapp werden.

Auf der Homepage des Bürgeramtes las ich staunend von der Möglichkeit, sich via Internet einen Termin geben zu lassen. Kann das sein? Wäre es möglich, dass die in den letzten Jahren irgendwas in Richtung Kundenfreundlichkeit ... Ich rieb mir ungläubig die Augen. Dann, mit vor Aufregung zitternden Fingern, klickte ich den Link an, gab meine Angaben in das Formular ein, drückte ab – und wartete. Und wartete weiter. Ein Mailer-Daemon verkündete mir nach einer Weile, dass das Postfach des Bürgeramtes leider voll sei, ich solle mich mit dem Administrator der Seite in Verbindung setzen. Der Administrator der Homepage vom Bürgeramt Wedding. Guter Vorschlag. Ich lachte heiser auf.

Am Freitag trat ich meine Mission an. Bis zwölf hatte das Bürgeramt Sprechstunde, ich erschien um acht und reihte mich resigniert in die Schlange der Wartenden vor dem Info-Schalter ein.

»Internationaler Führerschein?«, fragte der Mann dort, als ich endlich drankam, »was woll'n Se denn damit? Das braucht doch kein Mensch.«

»Doch, ich brauche das«, seufzte ich.

»Ham Se denn alles dabei?«

Er ließ sich tatsächlich alles zeigen: Führerschein, Ausweis, Passbild. Vorher gibt's keine Wartemarke. Damit die wertvolle Zeit der Sachbearbeiter nicht von Leuten geraubt wird, die den hohen Anforderungen des Bürgeramtes nicht gewachsen sind. Die es nicht wert sind, bis zum richtigen Schalter vorgelassen zu werden. Richtig so! Survival of the Fittest, hier im Bürgeramt Wedding, da gilt noch das eiserne Gesetz der Auslese. Ich aber war Profi, ich hatte in vorbildlicher Weise alles dabei. Neidisch schauten die Weddinger hinter mir in der Schlange auf mich.

Die Hälfte von ihnen würde wahrscheinlich bereits hier abgewiesen. Ich aber hatte die Hürde geschafft, ich erhielt das Privileg, eine Wartemarke ziehen zu dürfen. Ganz berauscht vor Glück setzte ich mich zu den anderen Auserwählten. Wir waren die Elite des Bezirks! Alles ging überraschend schnell. Schon drei Stunden später war ich dran.

Ich war gerade auf dem Weg in die Schalterhalle, als ich einen Tumult und lautes Jammern und Wehklagen aus dem Eingangsbereich hörte. Ah, elf Uhr. Da wird die Wartemarken-Ausgabe beendet. Wer jetzt noch in der Schlange stand, hatte die letzten Stunden vergeblich dort verbracht, der wurde unverrichteter Dinge wieder nach Hause geschickt. Schaudernd wandte ich mich ab von den Bildern des Elends.

Das Bürgeramt Wedding ist ein Großraumbüro. Jeder Mitarbeiter sitzt hinter seinem Schreibtisch, mit einigen Stellwänden wird so etwas wie Privatsphäre simuliert. Ich trat an Schalter 5, den mir zugewiesenen.

Eine etwa fünfzigjährige, stämmige Frau saß dahinter und musterte mich misstrauisch. Hinter ihr stand ein Radio, aus dem ganz leise *Radio Paradiso* zirpte. Genau so leise, dass es nicht mehr bis zum nächsten Mitarbeiter am Schreibtisch daneben drang. Denn der hatte sein eigenes, leise vor sich hin zirpendes Radio. Aus dem, soweit ich das jetzt richtig wahrnahm, ebenfalls *Radio Paradiso* piepste.

»Wieso kommen Sie so spät?«, begrüßte die Frau mich freundlich. Ich war entzückt. Ich war in ein Original-Berliner Schutzgebiet geraten, völlig unbeleckt von allen Modernismen wie aufgesetzter Freundlichkeit und irgendwelchen albernen Service-Gedanken. Ich fühlte mich gleich um zwanzig Jahre jünger.

»Was woll'n Se denn überhaupt hier?«, blaffte die Frau weiter, während ich vor Behaglichkeit schnurrte und genoss: »Einen Internationalen Führerschein.«

»Wat woll'n Se?«, fragte die Frau. Großartig. Ob die extra geschult werden dafür? Vom Amt für Denkmalschutz vielleicht?

»Den Internationalen Führerschein«, erwiderte ich und spürte, wie meine Laune sich stetig besserte. Man muss es einfach anders sehen. Im Grunde war die Reise schon losgegangen. Klar, Chile, das würde sicher spannend werden. Aber mehr Exotik als dieses aus der Zeit gefallene Büro – die Frau hatte tatsächlich einen richtigen Gummibaum an ihrem Platz stehen, ach was: zu stehen! –, mehr Exotik und Abenteuer würde Südamerika mir auch nicht bieten können.

»Wat woll'n Se denn mit dem Ding?«, flötete die Berliner Indígena mir entgegen, und fröhlich erwiderte ich: »Ich reise morgen nach Südamerika, da braucht man so was.«

»Quatsch«, schimpfte die Dame, »wat soll'n die denn in Südamerika damit? Das Ding braucht kein Mensch!«

Großartig, sie war wild entschlossen, mir das ganze Programm zu bieten. Ich wand mich vor Vorfreude, als ich lächelnd antwortete: »Doch, doch, ich brauche das.«

»Und morgen woll'n Se los, oder was, und dann woll'n Se das womöglich jetzt sofort mitnehmen, oder wie?« Sie starrte mich an.

»Ganz genau!« Ich strahlte. Sie holte tief Luft.

»Und damit komm' Se mir eine Stunde vor Schluss hier an? Junge, Junge, was glauben Se denn, was wir hier sind!«

»Auf Ihrer Homepage steht, dass es den Internationalen Führerschein gleich zum Mitnehmen gibt!«

»Was'n für 'ne Homepage?«

»Im Internet!«

»Ach, dit Internet. Glauben Se mir, junger Mann, da steht 'ne ganze Menge drin! Allerhand sogar! Dis sollten Se nu wirklich nich' alles für bare Münze nehmen.«

»Im Internet steht, dass es den Internationalen Führerschein gleich zum Mitnehmen gibt!«, beharrte ich fröhlich.

»Junger Mann, woll'n Se mir verscheißern? Im Internet steht auch, dass Sie hier im Voraus Termine per Mehl vereinbaren können.«

»Ja, stimmt, das habe ich auch probiert, das funktioniert aber gar nicht.«

Sie sah mich entgeistert an. »Junger Mann, sind Se neu hier? Wo komm' Se denn her …?«, sie schaute auf meinen Ausweis, »… aus Münster? Ach, wie die Spaßvögel vom *Tatort* ja, na, Sie sind wohl auch so'n ganz Lustiger, wa? Behördentermin per Mehl, Mann, Mann, Mann, wo leben Se denn?« Ich wand mich vor Wonne. Gut so!

»Gib mir mehr davon!«, wollte ich schon rufen, fragte dann aber lieber doch: »Was ist denn nun? Ich brauche das blöde Ding wirklich heute, sonst kriege ich morgen in Chile kein Auto, der Vermieter da will das nämlich sehen, das steht da in den Vorschriften.«

Sie schüttelte nur mit dem Kopf, knurrte irgendwas in Richtung »Sachen jibt's, also echt«, dann sagte sie: »Kost aber zwanzig Euro.«

Na also. Ich wollte mich gerade aufmachen zu dem legendären Kassenautomaten, da fiel mein Blick auf ein großes Schild auf dem Schreibtisch der Frau. Ich traute meinen Augen kaum: »Wir akzeptieren gerne Ihre EC-Karte« stand dort. Und fast hätte ich mein Gegenüber gefragt, ob ich tatsächlich bei ihr mit Karte bezahlen kann, aber jetzt allmählich mussten wir das hier mal zum Abschluss bringen, die Zeit für die zweifellos folgende Könn-Se-nich-lesen?-was-mein'-Se-denn-wozu-das-Schild-hier-steht-Orgie sollte ich uns doch besser ersparen, denn die magische Zwölf-Uhr-Marke nahte. High Noon, bis dahin mussten wir hier fertig sein, wer weiß, was sonst passieren würde. Also legte ich ihr einfach die Karte vor. Sie starrte mich ungläubig an.

»Was soll dat denn?«

»Zwanzig Euro! Sie sagten, es kostet zwanzig Euro.«

»Ja, und was woll'n Se dann mit der Karte hier? Ist doch keine Bank hier! Geh'n Se mal lieber los, die zwanzig Euro zahlen, bald ist hier Feierabend!«

Ich deutete auf das Schild direkt vor ihr. Sie drehte es zu sich um, las es mit hochgezogenen Brauen, schüttelte kurz fassungslos mit dem Kopf und verkündete: »Dit tut's sowieso nich'.«

»Ist die Maschine kaputt?«, fragte ich.

»Keine Ahnung, hat noch nie funktioniert. Zahlen müssen Se am Kassenautomaten. Dafür isser ja da. Wissen Se, wo der ist?«

Ich seufzte. »Beim letzten Mal war der in diesem Nebengebäude …«

»Ganz genau. Dann machen Se mal hin, Sie haben nicht mehr viel Zeit, und der Weg ist weit. Verlaufen Se sich nicht, da ist jetzt so 'ne Baustelle zwischen. Folgen Se einfach den Schildern.«

Ich rannte los. Der Kassenautomat des Bürgeramtes Wedding steht bestimmt auch unter Denkmalschutz. Aus irgendeinem Grund dürfen die Bürgeramtsmitarbeiter das Geld nicht selbst kassieren. Warum auch immer. Wahrscheinlich eine Regelung aus einer Zeit, als man noch Internationale Führerscheine brauchte. Man muss also zu diesem Kassenautomaten, um dort das Geld einzuwerfen, dann bekommt man einen Bon, mit dem man zum Schalter zurückgeht, um ihn dort abzugeben. Der Kassenautomat steht aber natürlich nicht in der Schalterhalle. Oder davor. Oder im Wartesaal. Der Kassenautomat steht in einem Nebengebäude, das man erreicht, indem man erst durch den Wartesaal und dann durch ein Treppenhaus und dann durch einen langen Verbindungsgang in Form einer überdachten Brücke zum Nebengebäude und dann wieder durch ein Treppenhaus und dann durch einen weiteren Gang und dann durch noch einen Gang und dann durch eine andere Eingangshalle und dann rechts geht. Zwischendurch muss man durch eine Baustelle, da die komplette Decke im Nebengebäude saniert wird, man quetscht sich zwischen den Gerüsten durch.

Hin und wieder gibt es Wegweiser zum Kassenautomaten, an manchen Abbiegungen, aber selbstverständlich nicht an allen, sonst wäre es ja langweilig. Gehetzte, panische Menschen irrten durch die Gänge, denn bald war es zwölf, und dann war alles vorbei. Wäre ich irgend so ein schäbiger Comedy-Typ, der jeden billigen Lacher abgreift, würde ich jetzt erzählen, dass ich versehentlich in den falschen Gang eingebogen bin und da ein Skelett liegt von jemandem, der es nicht geschafft hat bis zum Automaten. Aber für solche Mätzchen hatte ich keine Zeit. Ich bog in einen weiteren Gang ein, hetzte dort entlang – und stieß auf ein Skelett von jemandem, der es nicht mehr geschafft hatte bis zum Automaten. Ach, Quatsch, da war er ja schon. Ich war bestens präpariert, fütterte den Automaten, hielt glückselig glucksend die ersehnte Quittung in den Händen und machte mich schleunigst auf den Rückweg.

Zurück in der Schalterhalle hastete ich an Schreibtischen der Bürgeramtsmitarbeiter vorbei – jetzt fiel es mir auf: Jeder hatte ein kleines Radio. Und aus jedem klang ganz leise *Radio Paradiso*. Endlich kam ich bei meiner Sachbearbeiterin an, stolz legte ich ihr den Ausdruck auf den Tisch, fast meinte ich so etwas wie Anerkennung in ihrem Gesicht zu lesen, als sie mich freundlich begrüßte: »Ham Se noch Mittag jemacht zwischendurch, ja?«

Fast wäre ich euphorisch geworden, da sagte sie es: »Aba ham Se mal auf die Uhr jekiekt? Jetzte ham wa fünf nach zwölf, da ist Feierabend, wa!«

Meine gute Laune war mit einem Schlag dahin, fassungslos starrte ich sie an. Sie starrte zurück. Mir stiegen die Tränen in die Augen.

Sie triumphierte: »Was mein' Se denn, junger Mann, war doch nur 'n kleines Späßken! Glauben Se doch nicht immer gleich alles, was Se so hör'n!«

Dann gab sie meine Daten in ihren Rechner ein, schaute konzentriert auf ihren Bildschirm und begann mit zunehmender Amplitude, ihren Kopf zu schütteln: »Mann, Mann, Mann, junger Mann«, hob sie an, »Mann, Mann, Mann.«

Ich sah ängstlich zu ihr hinüber. Was würde denn jetzt kommen? »Mann, Mann, Mann«, sie schien es nicht glauben zu können, »Wissen Se was?« Sie machte eine Kunstpause, ich blickte furchtsam zu ihr.

»Ihr Internationaler Führerschein ist doch noch gültig.«

»Was?«

»Na, Sie haben noch so ein Ding, wozu auch immer, und das ist noch gültig. Bis Juni.« Ich sah sie erschüttert an.

»Aber«, zitterte ich, »ich habe keine Ahnung ... Ich wusste ja nicht, dass ... also, den hab ich nicht mehr. Der ist weg.«

»Ja, wie jetzt? Das Ding müssen Se doch noch haben?«

»Nein, echt«, ich spürte leichte Panik, »echt nicht. Stellen Sie mir doch einfach den neuen aus, ich hab ja auch schon bezahlt, ich brauche das Ding, wir fliegen morgen los.«

»Hör'n Se mal!«

Sie plusterte sich kräftig auf: »Was glauben Se denn, wo Se hier sind? Das is 'n amtliches Dokument, versteh'n Se? Da könn' Se doch nicht einfach mit zwei von die Dinger rumlaufen, was meinen Se denn? Woll'n Se vielleicht auch gleich zwei Pässe ham, oder wie? Mann, so was könn' Se doch nicht einfach verlieren! Da müssen Se doch drauf aufpassen! Wenn Se das nich' mehr haben, dann müssen Se 'ne Verlustanzeige machen. Stellen Se sich vor, das kriegt jemand Falsches in die Hände! Ihren Internationalen Führerschein!«

Ich sackte in mich zusammen. Jetzt war eh alles egal. »Ja und?«, fragte ich resigniert, »dann hat der halt meinen Internationalen Führerschein. Ist doch scheißegal, das Ding ist doch sowieso für nichts gut.«

Die Sachbearbeiterin blickte auf und schaute mich scharf an. Au weia, dachte ich, jetzt explodiert sie. Ich duckte mich sicherheitshalber schon mal ein wenig. Es war ein Moment vollkommener Stille, nur ein kaum hörbarer Chor flötete irgendwas von *Radio Paradiso*.

Sie schaute weiter ungerührt zu mir, dann zuckte sie mit den Schultern und sagte: »Da ham Se allerdings recht. Das braucht wirklich kein Mensch, das Teil.«

Dann nahm sie ein olivfarbenes Heftchen, tackerte mein Passbild hinein, machte einen Stempel drunter und drückte es mir in die Hand.

»So, da hamses. Und jetzt ist mal Feierabend. Mann, Mann, Mann, hier is was los.«

Verwirrt stand ich auf, steckte meinen neuen Internationalen Führerschein ein und machte mich auf den Weg zurück zur Müllerstraße, in die richtige Welt.

»Schönen Urlaub noch, wa?«, rief sie mir hinterher, und außerdem: »Jede Wette, dass Se das Ding im Leben nicht brauchen werden!«

Rund dreißig Stunden später torkelte ich auf der anderen Seite der Welt erschöpft aus dem Flugzeug und schleppte mich zum Schalter der Autovermietung. Ich legte dem Mann dahinter die Papiere vor, er nahm sie in die Hand. Den Internationalen Führerschein gab er mir direkt zurück: »Was ist das denn?«, fragte er freundlich, und ergänzte: »Das können Sie hier nicht brauchen.«

Hinark Husen

Ein sehr guter Kaffee

Nachts um drei an der Müller-/Ecke Utrechter Straße. Ich bin schon ziemlich k.o. Nur noch ab ins Bett. Werde von hinten angesprochen.

»Entschuldigung.«

Und natürlich kein Messer oder Pfefferspray dabei. Vor dreißig Jahren habe ich mal Judo in der Schule gemacht, aber ob ich das jetzt so ohne Weiteres abrufen kann, da bin ich mir nicht so sicher. Fallschule, ja das ginge wohl noch. Seitlich über die Schulter abrollen und dann auf der Matte abklatschen. Beim Abrollen fällt mir ein, dass da gar keine Matte liegt auf dem Bürgersteig, egal, auf das Abklatschen kann man verzichten. Vor dreißig Jahren war das einfacher mit der Fallschule. War ja nun eigentlich auch dazu gedacht, sich beim Wurf durch den Gegner nicht zu verletzen.

Aber ich bin ja gar nicht geworfen, ich bin nur angesprochen worden. Und zumindest einigermaßen professionell und schnell auf dem Boden angekommen.

»Hast du dir weh getan?«, dringt eine besorgte Stimme an mein Ohr.

»Ach, i wo«, entgegne ich, »habe nur ein bisschen Fallschule geübt, damit ich nicht aus der Übung komme.«

»Fallschule?«, fragt die junge Frau.

»Ja«, sage ich, »Judo, weißt du, braucht man für Judo.«

»Interessant!«, erwidert die schwarzhaarige Mittdreißigerin, »aber sollte man das nicht lieber auf einer Matte in einer Turnhalle trainieren?«

»Nachts um drei sind die Turnhallen wohl alle schon geschlossen«, entgegne ich geistesgegenwärtig.

»Das ist natürlich ein Argument«, sagt sie.

»Du hattest mich angesprochen, gibt's irgendein Problem?«

»Nein, nein«, sagt sie, »aber möchtest du nicht vielleicht erst mal aufstehen?«

»Ach«, sage ich, »erzähl doch erst mal, ich überleg mir dann, ob es das Aufstehen lohnt oder nicht.«

»Machst du das eigentlich professionell?«

»Was, das Fallen?«

»Nein, Judo.«

»Nö, im Schulsport mal zwei Winterhalbjahre, orangener Gürtel. Am besten bin ich im Bodenrandori.«

»Randori?«

»Ja, das Fachwort für Bodenkampf.«

»Interessant.«

»Schon, aber ich müsste vielleicht mal wieder ein bisschen mehr trainieren.«

»Ach, das sah schon sehr professionell aus.«

»Danke, sehr lieb von dir.«

Ein Bekannter aus dem Stammcafé kommt an uns vorbei.

»Alles in Ordnung hier?«, fragt er leicht besorgt.

»Natürlich, wir unterhalten uns nur ein bisschen.«

»Im Liegen?«

»Na ja, nicht ganz, sie steht ja immerhin«, sage ich.

»Bist du gestürzt?« fragt er.

Jetzt mischt sich die Schwarzhaarige wieder ins Gespräch: »Er trainiert.«

»Er trainiert?«, fragt der Bekannte ungläubig, »was trainierst du denn im Liegen auf der Straße, Obdachlosigkeit, oder was?«

»Im Augenblick trainiere ich gar nichts.«

»Nun ja«, sagt mein Bekannter, »dann will ich euch nicht weiter stören.«

»Aber du störst nicht«, sagt die Schwarzhaarige, »eigentlich wollte ich ihm nur erzählen, dass ich einen sehr guten Kaffee koche.«

»Tatsächlich?«, sagt mein Bekannter, »du wolltest ihm nachts um halb drei erzählen, dass du eine gute Kaffeekocherin bist und daraufhin fällt er zu Boden?«

»So weit waren wir noch gar nicht gekommen«, sagt die Frau, »ich hab nur ›Entschuldigung‹ gesagt, da fing er schon an zu trainieren und das mit der Briefmarkensammlung finde ich einfach zu albern.«

»Du wolltest mich anmachen?«, frage ich, noch immer auf dem Boden liegend.

»Na ja«, sagt die durchaus attraktive Frau achselzuckend.

»Ich hätte übrigens nichts gegen einen Kaffee einzuwenden«, sagt mein Bekannter, »wie machst du ihn denn? Mit der Maschine?«

»Schraubkanne!«, sagt die Frau, »und ich wohne gleich um die Ecke.«

»Na, worauf warten wir dann noch?«, sagt mein Bekannter und die Frau antwortet: »Schon lustig, es kommt immer anders als man denkt.« Und dann gehen die beiden um die Ecke und wünschen mir noch ein schönes Training.

Ich bleibe noch ein bisschen liegen und denke über die Ungerechtigkeit der Welt nach. Vielleicht kommt ja noch jemand mit einem Kaffeeangebot vorbei. Kommt aber nicht. Geschichte wiederholt sich nicht. Zumindest nicht in einer Nacht.

Heiko Werning

Müllerstraßenfest

Weil es Sonntag ist, und weil es Sommer ist, und weil wir ja jetzt eine richtige Familie sind, wollen meine Freundin und ich mit unserem einjährigen Sohn gemeinsam eine Unternehmung machen. Denn so ist es Brauch, und so soll es sein. Da erweist es sich für unseren Sommersonntagsfamilienausflug als ausgesprochen praktisch, dass direkt vor unserer Haustür das Müllerstraßenfest tobt. Meine Freundin zweifelt kurz, ob sie noch einmal in ihre Wohnung nach oben soll, weil sie nur etwas schäbige Sandalen anhat.

»Aber wir wollen doch aufs Müllerstraßenfest!«, sage ich, und beide lachen wir ausgelassen.

Also setzen wir den Kleinen in den Kinderwagen und rollen los. Die Plakate an den Bushaltestellen und Litfaßsäulen mit ihren *H&M*- und *Calvin Klein*-Models bilden einen absurden Kontrast zu den Menschen, die über die abgesperrte Müllerstraße rumpeln, humpeln und torkeln. So ähnlich müssen Werbespots für die neue *Ulla-Popken*-Kollektion in Somalia wirken.

Aber niemand hier stört sich an dem offenkundigen Missverhältnis. Auf dem Müllerstraßenfest laufen alle Menschen so herum, wie Gott oder Allah, *Schultheiss* oder *Jägermeister*, die Arbeitslosigkeit oder der prügelnde Ehemann sie zugerichtet haben. Hier gibt es keine falsche Scham. Wie gut, dass ich unlängst mit dem Fuß umgeknickt bin und daher noch etwas hinke, und dass ich ein etwas zu enges T-Shirt erwischt habe, das meinen mächtigen Leib angemessen in Szene setzt, so falle ich hier nicht unangenehm auf. Denn nichts läge dem Müllerstraßenfestbesucher ferner, als seine körperlichen Makel zu verbergen. Nein, hier wird bauchfrei getragen von Frauen, für die das ganze *Vanity-Fair*-Pack vermutlich die Burka herbeisehnen würde. Hier werden Nylonstoffe über die Gliedmaßen gezwungen, die jede Krampfader ebenso zur Geltung kommen lassen wie die Auswahl des Slips und den Schnitt der Schamhaarrasur – wozu betreibt man den Aufwand denn schließlich?

Wir schieben uns zwischen den Ständen hindurch, die sich in wenige Kategorien einteilen lassen. Die meisten bieten Textilien aller Art an, vom Tanga bis zur Hose, von der Bluse bis zur Handtasche, und es gibt alles in drei Sorten, nämlich: 1 €, 3 € und 5 €. Bergeweise Wäsche, hier könnte der ganze Wedding sich einkleiden, ach was, ich Idiot: Hier kleidet der ganze Wedding sich ein. Natürlich. Hier reichen auch die Witwenrente und das Hartz-IV-Budget für eine neue Komplettausstattung, und die Menschen machen reichlich Gebrauch davon, quer durch alle Altersklassen und Nationalitäten.

Die meisten der Textilanbieter locken mit den Werbeschildern »Sonderverkauf«, »Aktionspreise« oder »Fabrikverkauf«. Ein arabischer Händler preist seine 3-€-Hosen und 1-€-Tops als »Restposten aus Paris« an und verhandelt zeitgleich über Mengenrabatte mit einer Weddinger Oma am Rollwägelchen und einer Schwarzafrikanerin mit autoreifengroßen Ohrringen. Einige Anbieter haben sich spezialisiert, z. B. auf Bedarf für Nervensägen mit »südländischem Aussehen«. Hier also haben die den ganzen Kram her, denke ich fasziniert, als ich meinen Blick über die Auslagen streifen lasse, mit den Goldkettchen, den silbernen Gürtelschnallen und den weißen oder roséfarbenen Stoffhosen und Hemden, die, wie Kollege Hinark Husen treffend bemerkte, würden sie von deutschen Männern getragen, auf hundert Meter Entfernung klar signalisierten: »Achtung! Ich bin schwul!«

Ob es da manchmal zu kulturellen Missverständnissen kommt? Noch weitere Stände sorgen für eine kurzfristige ethnische oder kulturelle Aufteilung des Publikums: Es gibt solche mit Orientkitsch für türkisch-arabische Einkäufer, mit blauen Stoffreliefen, auf denen schwer verschnörkelte goldene Boote zwischen noch schwerer verschnörkelten goldenen Bilderrahmen schippern, ebenso wie ausladend verzierte Teekannen samt Gläsern in Silberblattgestellen. Es gibt Stände mit Western-Krempel aller Art, mit Lederfransengürteln und Lederfransenjacken und Lederfransenhüten, also alles für den Weddinger Ureinwohner, gleich daneben Holzprodukte mit nativem Humor, etwa Tafeln zum Aufhängen mit Sprüchen wie »Wer sich über Schwiegermutter beschwert, muss sie mitnehmen«. Holzkleiderbügeln mit Aufschriften wie: »50 Jahre – kein Grund zum Aufhängen« und mächtigen Flaschenöffnern mit motivierenden Inschriften à la: »Der Rücken schmerzt, die Füße stinken, drum lass uns noch ein Bierchen trinken.«

Am Stand direkt daneben ist eine ganze Galerie mit Bollywoodfilmen ausgebreitet und sorgt für lebhaften Umsatz beim indisch-pakistanischen Publikum. Aber die Separierung dauert nur für den Moment des kurzen Inspizierens der Angebote dieser Themenstände, danach gliedern sich alle wieder umgehend in den Weddinger Menschenstrom ein, der sich in langsamem Trott über die Müllerstraße schiebt.

An den Fressständen ein ähnliches Bild: Crêpes, Zuckerwatte, merkwürdig zähkörnige, von Maschinen permanent durchgewalkte Getränke in Pupillenkrätze verursachenden Neonfarben für alle, Schweinekamm für die Deutschen, irgendwelche

Körner und Sämereien für das orientalische Publikum und die Sittiche der Weddinger Witwen, nur die Schwarzafrikaner haben klugerweise selbst geschmierte Stullen dabei. Dazwischen jede Menge Vergnügungsstände: Kinderkarussels, deren fröhlich quiekende vielfarbige Besatzungen jedem dieser »die multikulturelle Gesellschaft ist gescheitert«-Idioten nächtelange Albträume bescheren müssen; in ohrenbetäubender Lautstärke Jean-Michel Jarre und Xavier Naidoo trötende Glaskästen, aus denen man mit einem ferngesteuerten Greifer versuchen kann, hässliche Stofftiere zu bergen; eine kleine Manege, auf der *pferdegebissige* Mädchen mit strahlenden Gesichtern und feuchten Augen von stoisch trottenden Ponys um das Rund getragen werden, angeführt von einer vielleicht siebzehnjährigen Punkerin, angepeitscht in der Mitte von einem Endfünfziger-Urberliner mit entsprechenden landestypischen Lautäußerungen wie: »Lieber Kunde, letzte Runde!«

Besonders fasziniert mich eine sehr waghalsig aussehende Konstruktion mit Trampolinboden und darüber gespannter Stahlspinne, in der Kinder an Gummitauen festgebunden nach oben geschossen werden, was entweder den Kindern oder den älteren Geschwistern, die am Rand stehen und zugucken, viel Spaß macht. Daneben ein großer Drahtverhau, an dessen einem Ende ein Fußballtor mit einem türkischen Fußballtorwart steht, und ähnlich wie beim Dosenwerfen oder Luftgewehrschießen darf man mit Fußbällen auf das Tor ballern, und wenn man trifft, gibt es einen Preis. Da der Torwart aber sehr geübt ist, dürfte das Auszahlungsrisiko gering sein.

Wir beobachten das Treiben eine Weile – hin und wieder lässt er ganz offensichtlich absichtlich den Ball eines kleinen Jungen durch, der mit in höchster Anspannung verzerrtem Gesicht und fieberhaftem Gesichtsausdruck wieder und wieder antritt. Dem

Jungen hat er damit ohne Frage den Tag, wenn nicht gar die Woche vergoldet, freudestrahlend und glückstaumelig presst er die Deutschlandfahne aus Stoff an sich, die es als Preis gibt. Dann kommt eine Truppe leicht pöbeliger und offensichtlich siegesgewisser deutsch-subproletarischer Mittzwanziger, die mit maximaler Kraft drauf losdreschen. Aber überlegen grinsend und ohne die geringste Mühe hält der Torwart die Bälle mit spielerischer Leichtigkeit einen nach dem anderen, und nachdem auch der letzte Schuss versemmelt ist, überreicht der Mann an der Kasse, ein älterer Türke mit schlohweißen Haaren, sehr höflich und mit kaum wahrnehmbar freundlich-spöttischem Lächeln jedem der Postadoleszenten einen Aufkleber mit einem schwarz-rot-goldenen Herzchen drauf.

Und dann wird man flugs wieder in die Weddinger Wirklichkeit zurückgeholt. Ausgerechnet an der Losbude. »Helfen Sie Ihrem Glück auf die Sprünge«, verspricht das Schild, und der zugehörige Losverkäufer bringt es verkürzt wie präzise per Lautsprecher unter das Volk: »Hier! Kommen Sie her! Jede Niete gewinnt! Gewinnen auch Sie!« Die Leute schauen interessiert auf. Niemand fühlt sich beleidigt.

Auch Musik gibt es auf dem Müllerstraßenfest und zwar an drei maximal entfernt voneinander liegenden Ecken je eine Indianer-Combo. Alle drei sehen irgendwie gleich aus und führen in vollem Federschmuck schamanische Blockflötenmusik auf. Sie arbeiten bemerkenswert professionell, die Show ist detailliert einstudiert, und eine leicht verwirrt wirkende, blonde junge Frau, die begeistert mitwippt, sucht zu jedem Stück aus einem großen Stapel die passende CD heraus, hüpft tanzend zwischen den am Rande stehenden Zuschauern umher und preist den Tonträger auf diese Weise an. Merkwürdigerweise ist es bei allen drei Indianercombos eine irgendwie gleich aussehende blonde CD-

Frau; noch merkwürdiger ist, dass alle drei Combos komplett aus südamerikanischen Indígenas bestehen, und jetzt fällt es mir schlagartig ein: Natürlich, das sind die ganzen Urubamba-Peru-Panflöten-Truppen, die früher in jeder Fußgängerzone und vor jedem *Karstadt* standen, die offenkundig in der Zwischenzeit auf nordamerikanische Totempfahl-Tänze umgeschult worden sind.

Räumlich wie akustisch getrennt sind die Friedenspfeifen nur durch die große Livebühne im Zentrum des Geschehens, direkt vor dem Rathaus Wedding. Auf dem Platz sind Biertische und -bänke aufgebaut, reichlich besetzt mit erschöpften Müllerstraßenfestflanierern, die hier erst einmal ihren Morgenfrühschoppen im gleißenden Sonnenschein einnehmen. Wir finden noch ein freies Plätzchen an einem Tisch, auf den gelehnt sonst nur noch ein Besoffener ein Nickerchen macht.

Fasziniert lauscht Wilko den Darbietungen auf der Bühne. Dort spielt das Duo des musikalischen Grauens: eine Mittvierzigerfrau in weißem Rüschenkleid und schwarzem Faltenrock singt, ein etwas älterer Gitarrist steht daneben und zupft, ansonsten kommt Synthesizer-Musik vom Band. Niemand interessiert sich für die Mischung aus Evergreens, Traditionals und ganz viel deutschen Schlagern, alle sitzen apathisch und teilnahmslos an ihren Tischen und blinzeln in der Sonne auf ihre Bierhumpen. Die beiden Musiker ziehen, sichtlich gequält, ihr Programm durch, und ich lasse mich überwältigen von der Aura der abgrundtiefen Traurigkeit, die von dieser Bühne ausgeht. Sie singen und spielen da, weil der Veranstalter sich gesagt hat, so ein richtiges Straßenfest, das braucht auch eine richtige Showbühne mit richtiger Live-Musik. Die will zwar niemand hören, erst recht nicht im Wedding Sonntagmittags um zwölf, aber sonst wäre es ja kein richtiges Straßenfest. Und so steht also die Sängerin auf der Bühne, sehr unmotiviert tänzelnde Bewegungen antäuschend zu laut wummernder Stimmungsmusik vom Band, dabei immer wieder verstohlen abwechselnd auf ihr Textblatt und die Uhr blickend, während der Gitarrist nur mühsam verhindern kann, im Stehen einzuschlafen. Vielleicht war seine Samstagnacht sehr lang, vielleicht hat er irgendwo *richtig* Musik gemacht, aber er braucht halt die Kohle, er hatte mal einen Traum, er wollte von der Musik leben, und nun lebt er von der Musik, da spielen sie jetzt eben auf dem Müllerstraßenfest. Dabei werden sie komplett ignoriert, und nicht einmal am Ende eines Liedes schaut jemand im Publikum kurz auf, obwohl die Rüschenfrau nach jedem Song »Danke« sagt. Danke – wofür? Dafür, dass er nicht von der Bühne geprügelt wird? Fürs gnädige Ignorieren der grauenhaften Darbietung? Danke für jeden neuen Morgen?

Ein geistig Behinderter tritt plötzlich vor die Bühne, tanzt fröhlich mit und klatscht enthusiastisch nach jedem Lied, was Wilko wiederum motiviert, mit begeistertem Händeklatschen einzufallen. Ich überlege kurz, ob das die Musiker freuen wird oder eher nicht, aber ihr Gesichtsausdruck ist eindeutig und wirkt alles andere als freundlich. Idioten, denke ich, aber sie erleiden ja eh schon ihre gerechte Strafe, was will man da noch mehr. Fast genüsslich betrachte ich die Szenerie: rechts und links ein bunt gemischter Menschenstrom, der sich vorbeischiebt und keinerlei Notiz nimmt von dem Geschehen auf dem großen Platz in der Mitte. Dortselbst etwa hundert schweigsame Weddinger, die meisten mit dickem Kopf, einige vielleicht auch noch von der Nacht übrig geblieben, auf jeden Fall aber von ihr gezeichnet, die vor ihren Bierkrügen sitzen und sich freuen, dass die Musik so laut ist, dass man gar nicht reden könnte, selbst wenn man wollte. Niemand reagiert auf irgendwas. Nur ein Behinderter und ein Baby klatschen fröhlich und hüpfen und zucken ekstatisch.

»Du hast mich 1000 Mal belogen / Du hast mich 1000 Mal verletzt«, trällert das Rüschenhemd nun, vielleicht ein Versuch der Anbiederung an das Publikum, und das lässt unseren Banknachbarn kurz aus seinem Schlaf aufschrecken und den Kopf von der Tischplatte heben, »Du hast mich 1000 Mal belogen / Du hast mich 1000 Mal verletzt / Ich bin mit Dir so hoch geflogen / doch der Himmel war besetzt.«

Da reckt unser Tischschläfer kurz die Faust gegen den Himmel, gibt einen undefinierbaren, grunzenden Laut von sich, dann sackt er wieder in sich zusammen. Wie eine menschliche Musicbox spult das Duo weiter sein Programm ab, jetzt wird es auch dem Behinderten zu doof, vermutlich enttäuscht von der offensichtlichen Ablehnung, die ihm von der Bühne entgegenschlägt, ruft er völlig zu Recht im Weggehen laut: »Aufhören! Aufhören!«

Aber auch das wird leider von niemandem zur Kenntnis genommen, und als dann endlich die volle Stunde naht und die vertraglich fixierte Zeit abgelaufen ist, entblödet die Rüschenfrau sich tatsächlich nicht, zum Abschluss zu sagen: »Vielen Dank, Sie waren ein tolles Publikum, uns hat es einen Riesenspaß gemacht! Weiterhin beste Unterhaltung hier auf Ihrem Müllerstraßenfest!« Vielleicht steht der Satz aber auch im Vertrag.

Unser Bedarf an Milieustudie ist zwischenzeitlich jedenfalls gedeckt, wir machen uns auf den Rückweg, nicht ohne zur Wahrung unserer kulturellen Identität noch einen Schweinekamm mit Senf im Brot zu kaufen. Mühsam kämpfen wir uns durch die Menschentraube, die sich um die Indianerimitat-Indios gebildet hat, dann haben wir die Seestraße erreicht und gehen zurück nach Hause. Für heute soll es mal reichen. Aber im nächsten Jahr, da ist wieder Müllerstraßenfest. Und alle werden sie wieder da sein. Wir auch.

Müller-/Ecke Seestraße

Frank Sorge

Zweckinteresse

Erstaunlich eigentlich, dass ich die Straßenkreuzung vor der Haustür noch interessant finde, auch nach mehrjährigem Betreten. Wäre die Kreuzung eine Homepage, hätte ich nicht mal ein Lesezeichen gesetzt oder wäre nach einigen Besuchen weggeblieben, weil es so selten etwas Neues gibt. Außerdem sind ja alle Standardelemente, Straßen und Häuser, Geschäfte, Lampen, im Wesentlichen die gleichen wie an der nächsten Kreuzung, der übernächsten, der über-über- bis über-über-über-usw.-nächsten. Just another Wedding-Street – an den Passanten kann es auch nicht wirklich liegen, von denen gibt es zwar immer neue und immer andere, aber man vergisst sie ja doch sofort. Ich habe es soeben bei einem Spaziergang zur Zuckerbäckerin ausprobiert, habe mir alle Menschen im Vorbeigehen angeguckt, wie immer, und alle wieder vergessen. Bis auf die schöne Zuckerbäckerin natürlich. Und die Tabakshopfamilie, die Dönerbereiter und die junge Bettlerin. Und die und der und die und der und die.

Bei *Kaiser's* treffe ich ehemalige Nachbarn, die der lauten Hauptstraße den Rücken gekehrt und ein paar Straßen weiter ihre Oase der Ruhe gefunden haben. Lustig plaudernd stehen wir vor der Eingangstür und werden sofort von einem grimmigen Passanten beschimpft: »Ey, jetzt stehen die Idioten hier mitten auf dem Weg rum.« Ein etwas nebulöser Satz, aber es ist vermutlich egal, was die Idioten machen, wenn man sie trifft.

Vielleicht ist es nur Zweckinteresse, wenn ich schon mal hier bin, kann ich mich ja auch mit dem Ort beschäftigen. Aber das wäre kein schönes Motiv und es funktioniert schon an der nächsten Kreuzung nicht mehr, an der ich oft nur noch teilnahmslos vorbeilaufe. Bliebe noch die Möglichkeit, dass die heimatliche Kreuzung tatsächlich interessanter ist als andere. Einen Hinweis darauf habe ich letzten Samstag bekommen, als es plötzlich sehr spät wurde im Stammkültürverein, und sehr früh draußen. Zur sechsten Sonntagsstunde sah ich die heimatlichen Fenster und gegenüber im Imbiss die Frauen der Dönerista beim morgendlichen Putzeinsatz. Sie hatten die Musikanlage aufgedreht und tanzten in Schürzen und mit Wischmopp ausgelassen durch den Laden. Gebannt blieb ich stehen und ließ mir das Herz aufreißen.

Das war so schön, da war ich plötzlich nüchtern. Außerdem zehn Jahre jünger, zwanzig Kilo leichter, frisch gebadet, frisch verliebt, frisch eingekleidet, ausgeschlafen, zehn Zentimeter größer, muskulös, porentief rein, offen und völlig vorurteilsfrei, mit vollem Akku bis zum Anschlag. Sämtliche Winterwolken, die sich infolge des Lebens um die kleine empfindliche Seele auftürmen können, brachen auf und der innere weiße Molch fand sich auf einer karibischen Glücksinsel wieder. Ich hätte alle Nachbarn aus den Betten klingeln sollen, damit sie es sehen können.

Ich konnte mich gerade noch zurückhalten, aber es war sehr knapp.

Paul Bokowski

Die Kinder zum Hof

Das Leben der Kinder in meinem Hinterhof wird überschattet von einem beherrschenden und allgegenwärtigen Problem: Notorische Langeweile. Wenn ich aus meinem Wohnzimmerfenster hinunterschaue auf die winzigen wuselnden Köpfchen und nach wenigen Sekunden jeden Zählversuch enttäuscht aufgeben muss, scheint es mir fast so, als sei eben jene notorische Langeweile auch der einzige Grund, warum diese Horden an Kindern überhaupt gemacht wurden. So ist das bei uns im Wedding. Da werden Kinder noch aus Langeweile produziert und nicht wie in Charlottenburg, damit man etwas hat, das man auf den Rücksitz seines BMWs setzen kann. In Steglitz macht man Kinder, weil die Nachbarn auch welche haben, in Mitte, damit man in der Agentur was rumreichen kann, und im Prenzlauer Berg, weil es bei *H&M* einfach keine zu kaufen gibt. Langeweile allerdings scheint von all diesen Beweggründen der stärkste Antrieb zu sein. Das lässt zumindest die Kinderdichte in meinem Hinterhof vermuten.

Da gibt es zum Beispiel im Seitenflügel diese anatolische Familie. Die sitzen nach Einbruch der Dunkelheit immer so gemütlich beieinander, dass man wirklich glauben könnte, Gott hätte dieser Familie alles gegeben, was für ein gutes und glückliches Leben notwendig ist, also abgesehen von Vokalen im Nachnamen oder einer dauerhaften Aufenthaltsgenehmigung. Auch in meinem erweiterten Familienkreis ist beides Mangelware. Kinder aber haben die, Unmengen davon. Die kriegen so häufig ein neues Baby wie ich Besuch vom Gasableser. Das muss doch etwas mit Langeweile zu tun haben.

Bei genauerer Beobachtung könnte man sogar auf den Gedanken kommen, dass Langeweile eine dominant vererbte Eigenschaft ist. Denn wenn ich am frühen Nachmittag aufwache und meinen ersten Blick in den Innenhof tue, erschrecke ich gelegentlich und denke, es hätte über Nacht ein spontanes Massensterben eingesetzt. Dabei liegen die Kinder nur in der Gegend herum und langweilen sich fürchterlich. Das ist aber auch wirklich nachvollziehbar, wenn man in einer Welt lebt, die zwischen Vorderhaus, Seitenflügel und Gartenhaus Platz findet. Da fängt ja auch alles an. Wenn die Kleinen noch Käseschmiere hinter den Ohren und Fruchtwasser zwischen den Zehen haben, steht halb Kreuzberg bei uns im Hinterhof und will einen Blick auf das frisch gebackene Neugeborene werfen. Aber sobald die Kleinen alt genug sind, um eigenständig sitzen zu können, überlässt man sie sich selbst, hockt sie auf eine der Betonplatten im Hinterhof und schaut vielleicht in ein paar Tagen mal nach, was aus ihnen geworden ist.

Das ist gar nicht so ungewöhnlich. Als meine Eltern nach Deutschland kamen und noch im Lager wohnen mussten, haben die polnischen Familien auch alle ihre Kinder einfach unter einem Baum zwischen den Häusern platziert und ab und zu aus den einfach verglasten Plattenbaufenstern hinuntergeschielt, ob es wieder eins weniger geworden ist. Polnischen Sozialdarwinismus nannte man das damals: Survival of the Fittest. Die meisten von uns haben nur deswegen überlebt, weil sie gescheit und unmoralisch genug waren, sich von den Kindern zu ernähren, die es leider nicht geschafft hatten. Es mag an der Religion liegen, aber die Polen hatten schon immer ein sehr ungezwungenes Verhältnis zu Mensch gewordenen Fleisch- und Blutspeisen.

Solch einen katholischen Kannibalismus gibt es bei uns im Hinterhof natürlich nicht. Zu allererst einmal sind die meisten Kinder Moslems. Zum zweiten sind die kleinen einfach viel zu gelangweilt und entkräftet, um übereinander herzufallen. Wenn aber jemand durch das Tor im Vorderhaus tritt, geht eine sonderbare Unruhe durch die Kinder: Ein Murmeln, fast wie das leise Knurren eines kollektiven Magen-Darm-Trakts. Dann ploppt ein einzelnes Individuum wie ein Späher aus dem gefühlten Dutzend heraus, kommt mit ausgestreckter Hand auf einen zu und fragt in einem lauten, freundlichen Ton: »Hallo, mein Freund! Wie geht es dir?«

Als mir das zum ersten Mal passiert ist, wollte ich instinktiv einen Döner ohne Zwiebeln bestellen. Mittlerweile kenne ich die Prozedur:

»Hallo, mein Freund! Wie geht es dir?«

»Gut. Und selbst?«

»Ey, warst du einkaufen?«

»Ja.«

»Was hast du gekauft?«

»Papaya.«

»Ey, gib uns Papaya!«

»Nö.«

»Was hast du noch gekauft?«

»Thunfisch in eigenem Saft.«

»Ey, gib uns Thunfisch in eigenem Saft!«

»Nö.«

»Was hast du noch gekauft?«

»Acetylsalicylsäure.«

»Ey, gib uns Azezylsäure.«

»Wozu? Hast du Kopfschmerzen.«

»Nein, Alter.«

»Dann nicht.«

Dieses hungergelenkte Verhalten ist geprägt von einer ungeheuren Ausdauer. Ich wohne seit drei Jahren dort und sie fragen mich immer noch, jeden Tag. Mittlerweile habe ich mir angewöhnt nur noch kopfschüttelnd an ihnen vorbeizugehen und mir Sachen anzuhören wie »Ey, Alter, bist du unfreundlich!«.

Wirklich hungrig sind die Kinder in den meisten Fällen natürlich nicht. Aber während, wie bereits erwähnt, Langeweile das beherrschende Problem dieser Hinterhofpopulation darstellt, ist die Kompensation der selbigen die einzige, tagesfüllende Tätigkeit. Dabei legten die Kleinen anfänglich ein sehr klischeehaftes Verhalten an den Tag. Wenn ich zum Beispiel aus meinem Hinterhaushochstand hinunter sah, war es, als sähe ich eine türkische Adaption der Kleinen Strolche. Es wurden Briefkästen angezündet, Mülltonnen umgeschmissen, Einkaufswagen, Kinderwagen und Gehwägelchen die Kellertreppe hinuntergestoßen, und es wurden Fensterscheiben eingeschlagen: Auch gerne mal die eigenen.

Besonders unterhaltsam waren die aus Langeweile entstandenen Wandbemalungen. Während mein kindliches Wachstum mit Strichen und Datumsangaben an unserer Wohnzimmerwand verewigt wurde, lassen sich die Wachstumsfortschritte meiner Hinterhofkinder an den Wänden in unserem Hausflur verfolgen. In Bodennähe schmücken noch bunte, aber unförmige Kritzeleien den rauen Putz. Wenige Zentimeter darüber, etwa in Kniehöhe, sind aus den Kritzeleien konkrete Objekte geworden: Blumen, Häuser, Penisse. In Hüfthöhe wird das Farbspektrum reduziert und die Objekte wandeln sich zu ersten Buchstabengruppen, die Vornamen wie ›Hassan‹ oder Lieblingswörter wie

›Scheise‹ vermuten lassen. In Brusthöhe schließlich erscheinen dann die ersten vollständigen Satzkonstruktionen. Zum Beispiel: »Ich ficke Düriye«.

Bis Sätze wie dieser in Schulterhöhe durch dadaistische Experimentalgrammatik auf einen Höhepunkt getrieben werden: »Jenny, du tust von uns gefickt werden.«

Es bleibt dem Leser überlassen zu entscheiden, ob es sich hierbei um den fehlerhaften Gebrauch des Futur I oder sozialliterarischen Widerstand gegen das Establishment handelt.

Nun ist die selbst geschaffene Literatur mitunter ein sehr kurzweiliges Vergnügen. Also üben sich die Kinder regelmäßig in immer neuen Ausdrucksformen ihres Kreuzzuges gegen die Langeweile. Vor drei Wochen zum Beispiel haben die Kleinen mit vereinten Kräften in einem Dreißig-Sekunden-Akt alle Bewohner des Seitenflügels von ihrem Kabelanschluss befreit. Ich habe leider nicht genau verstehen können, was »Hau ruck!« auf Türkisch heißt.

Allerdings war dieser belustigende Akt des Vandalismus ein Schnitt ins eigene Fleisch, da er auch den eigenen Vater seiner geliebten Feierabendunterhaltung beraubte. Seit diesem folgenschweren Tag hat die anhaltende Langeweile der Kinder ein jähes Ende gefunden. Die Kinder werden nun jeden Morgen in drei Gruppen unterteilt: Gruppe 1 besteigt in den frühen Morgenstunden den grünen Lieferwagen des Vaters und wird im Laufe des Tages in den verstreutesten Winkeln Berlins Haushalte auflösen, Keller entrümpeln, Sperrmüllhaufen abtragen, aufschichten und die Hinterhöfe der Stadt nach verwaisten Möbelstücken durchforsten. Gruppe 2 dagegen wird zeitgleich die Ausbeute des Vortages auf Vordermann bringen. Sie wird schrauben, bürsten, wischen, polieren und den mit Teppichen ausgelegten Hinterhof so lange mit Wasser fluten, bis auch die letzten Flecken

Katzenpisse ausgespült und zwischen den Betonplatten versickert sind. Gruppe 3 aber wird nach dem Frühstück in die Schule geschickt. Sie sind es, die jeden Morgen dreinschauen, als hätten sie von allen Kindern das schwerste Los gezogen.

Damit auch jedes der Kinder die Freuden der anderen zu schmecken bekommt, hat sich der Vater darüber hinaus ein gewinnmaximierendes Rotationssystem überlegt. Dreifelderwirtschaft in einer postindustriellen Dienstleistungsgesellschaft. Seitdem herrscht Ruhe in unserem Hinterhof. Kein Geschrei, kein Gebrüll, kein Kindergarten-Kreuzberg-Feeling mehr. Und wenn ich jetzt am frühen Nachmittag aus den Federn krieche und meinen ersten Blick aus dem Fenster tue und sehe, wie die Kinder in unserem Hof herumliegen als hätten sie Malaria und Ebola, dann ist das keine Langeweile mehr, sondern lieblich süße Feierabendmüdigkeit.

Robert Rescue

Francis, der mehr macht als er soll

Grundsätzlich sollte jeder einen Freund haben, der sich mit Fahrrädern gut auskennt und auch Lust hat, daran rumzuschrauben. Auch sollte derjenige nicht weit weg wohnen, wenn man von einer Nacht auf den Tag plötzlich einen platten Reifen hat und dringend Hilfe benötigt, weil man es selbst nicht reparieren kann oder will. Der gute Freund lässt sich meist mit einer Flasche Rotwein, einem leckeren Essen und/oder einem tiefsinnigen Gespräch über, zum Beispiel, Literatur belohnen.

Ich habe so einen Freund, aber der ist nach München gezogen. Im Wedding habe ich drei Häuser weiter Francis, oder auch Franzmann, wie sich sein Reparaturladen nennt. Er macht es nicht unter zehn Euro pro Job und stattet auch keine Hausbesuche ab. Seiner Fahne nach zu urteilen macht er die Arbeit vielleicht auch für eine Flasche Rotwein, aber da darf man ihm bestimmt nicht mit einem Discounter-Angebot für 1,99 Euro kommen.

Besucht habe ich ihn das erste Mal, als ich nach einem Jahr Stillstand mein Fahrrad entstaubte und gleich mit mehreren Mängeln konfrontierte wurde, wobei die Acht im Hinterreifen am deutlichsten machte, dass ich mit dem Rad so nicht mehr vorankommen würde. Wie dieser Schaden, den Francis später scherzhaft »88« nennen sollte, entstanden war, konnte ich mir nicht erklären. Ich hatte das Rad zwölf Monate nicht bewegt und es in der Wohnung aufbewahrt. Also schob ich das Fahrrad rüber und lernte Francis kennen, einen kompetenten Mechaniker, der Selbstgedrehte raucht und, wie oben beschrieben, eine riechbare Fahne vor sich her atmet.

Mit fachmännischem Blick begutachtete er mein Fahrrad, stellte alle die Mängel fest, die ich auch festgestellt hatte, und ging dann ein Stück zu weit:

»Den Dynamo werde ich mir auch mal anschauen. So wie ich es sehe, ist die Lichtanlage defekt.«

»Ich benutze sie nicht«, sagte ich und zeigte auf die beiden Lampensockel. »Ich benutze Einstecklampen, weil das cool ist. Dynamo war gestern.«

Francis zuckte mit den Schultern und grinste dann verlegen.

»Haben Sie noch einen Wunsch?«

»Ja, den habe ich. Am Vorderrad befindet sich ein französisches Ventil. Dieses Ventil geht mir auf den Keks. Es ist kompliziert, mit einer normalen Luftpumpe Luft in dieses verdammte Vorderrad zu pumpen wegen diesem verfickten Ventil. Ich will ein deutsches Ventil.«

»Ich kann Ihnen einen Adapter geben«, bot Francis an. »Dann passt französisch auf deutsch und alles ist in Ordnung.«

»Na gut, dann einen Adapter, damit ich nicht mehr dieses verdammte französische Ventil ein klein wenig aufschrauben muss, damit ich die normale Luftpumpe draufklemmen kann, um endlich Luft in dieses verfickte Rad zu bekommen. Wenn ich nur wüsste, welcher bekloppte Heini so einen Scheiß erfunden hat.«

»Sicherlich war es ein Franzose«, warf Francis mit einem bedeutungsschwangeren Unterton ein. »Ich BIN übrigens französischer Staatsbürger.«

»Aber du hast den Mist nicht zu verantworten, oder?«

»Nein, aber ich heiße französische Ventile gut, schon allein, weil sie einen Bezug zu Frankreich haben. Ich bin nämlich Patriot.«

»Mag sein«, entgegnete ich. »Ich finde auch 'ne Menge Sachen an Frankreich gut, zum Beispiel Rotwein, aber dieses Ventil gehört bestimmt nicht dazu. Es ist unhandlich.«

Das war für mich das Schlusswort. Zwei Stunden später kam ich wieder und holte mein Rad ab. Alles war sorgsam repariert und funktionierte. Ich war froh, einen solchen Service um die Ecke zu haben.

Zwei Tage später musste ich wieder bei Francis aufkreuzen. Ich hatte mich zuvor beim Fahrradfahren bemüht, die ganzen Glassplitter auf den Straßen zu umfahren, hatte dafür beinahe Verkehrsunfälle riskiert, aber vor der Haustür machte es dann PÜÜÜÜÜSCH.

»Soll ich auch den Dynamo reparieren?«, fragte mich Francis. »Die Lichtanlage muss, so wie ich es sehe, erneuert werden.«

Offensichtlich hatte er mich bereits vergessen. Dabei war ich auf dem besten Weg, ein treuer Kunde zu werden. »Nein«, antwortete ich gleich und zeigte auf die Lampensockel. »Ich benutze Einstecklampen, wie ich schon sagte. Dynamo ist Old School, wobei ich das so noch nicht gesagt habe.«

»Na gut, also nur ein neuer Schlauch im Vorderrad.«

»Genau«, antwortete ich, bedankte mich und ging meiner Wege.

Als ich am nächsten Tag wiederkam, um das Fahrrad abzuholen, erlebte ich eine Überraschung. »Ihr Rad ist schon abgeholt worden«, erklärte mir Francis: »Von ihrem Sohn.«

Ich erschrak bis ins Mark. Ich hatte einen Sohn! Warum wusste ich nichts von ihm? Wer war die Mutter? Warum hatte sie mir das verheimlicht? Ich hatte erstmals mit achtzehn Jahren Sex gehabt, damals in Westdeutschland. War es da passiert? Dann war mein Sohn jetzt fünfundzwanzig. Hatte er vor Kurzem erst von seinem Vater erfahren, war nach Berlin gefahren und sich, klug wie er es von mir geerbt hat, dazu entschieden, mich durch das Abholen meines Fahrrades mit ihm zu konfrontieren?

Francis riss mich aus meinen Träumereien.

»Das war doch das silberne Trekking-Mountain-Streetgang Fashion Bike, oder?«

Ich war einerseits erleichtert, anderseits aber enttäuscht, dass er meinen möglichen Sohn ad absurdum führte.

»Nein«, antwortete ich schleppend. »Es ist ein blaues Herrenrad ohne alles.«

»Das mit dem Loch im Vorderreifen?«

»Ja, das.«

»Ach so. Das ist nicht abgeholt worden. Das steht hinten im Lager. Ich habe den Schlauch geflickt und den Dynamo repariert. Außerdem habe ich noch eine Klingel drangebaut, falls sie mal von der Polizei kontrolliert werden. Jetzt fahren Sie verkehrsgerecht.«

Ich nickte bloß und ließ es über mich ergehen.

Schlussendlich zahlte ich fünfzehn Euro mehr als veranschlagt, Francis verstieg sich wortreich in die Vorzüge seiner Reparaturmaßnahmen, bis ich ihn unterbrach und mitsamt meinem Rad den Laden verließ.

Jetzt hatte ich ein absolut verkehrsgerechtes Fahrrad, das ich gar nicht wollte, und keinen Sohn, den ich gerne in die Arme geschlossen hätte.

So kann ein Tag auch verlaufen.

Frank Sorge

Das fiel mir auf

Endlich habe ich jetzt ein Buch des Weddinger Heimatdichters Jonny Liesegang erwerben können, auf einem Trödel in Neukölln lag es und winkte mir zu. Ganz zufällig und nur für einen Euro, lange schon wollte ich eins haben. Natürlich weiß ich, dass ich es schon jahrelang über das Internet innerhalb weniger Minuten hätte bestellen können. Aber wenn ich alles, was ich einfacher im Internet machen könnte, auch im Internet machen würde, wäre ich ja nur noch im Internet. Ich habe den Entschluss, mindestens eins der Liesegang-Bücher besitzen zu wollen, zwar lange mit mir herumgetragen, aber der Entschluss hat gar nichts gewogen. Ich hatte also auf meine Weise überhaupt keine Mühe, das Buch zu erwerben, es lag eines Tags einfach vor mir und zu einem mutmaßlichen Bruchteil der Kosten, die eine Bestellung mit sich gebracht hätte. Endlich also kann ich einmal wieder bei einer Sache behaupten, ich hätte alles richtig gemacht.

Es fiel mir gleich auf, wie es da lag mit dem Titel »Det fiel mir uff«, und mir fiel gleich ein, dass es in meinem inneren Warenkorb nachgefragt war. Der Titel ist ziemlich anspruchslos und verspricht nur, dass aufgeschrieben ist, was ihm auffiel. Und so ist es auch, die Geschichten haben drei bis vier Seiten, bestehen im Wesentlichen aus Dialogen und geben Einblick in den Weddinger Alltag, meist wenn irgendwas Ungewöhnliches in ihn hereinbricht. Das Ganze aus der Ich-Perspektive und beinahe hundertprozentig im Berliner Dialekt, ein interessantes Konzept. Man könnte ihn sicher auf die Lesebühne einladen und da er sein ganzes Leben im Wedding verbracht hat, hätte er es auch nicht weit. Bier hat er wohl auch gemocht, leider hat er sein Leben eben schon verbracht, also rumgebracht, der Wedding seiner Geschichten ist siebzig Jahre älter geworden und nur noch Jonnys Urne liegt in direkter Nachbarschaft an der Müller-/Ecke Seestraße.

Dort stieg ich letzte Woche in die U-Bahn, um etwas in Neukölln zu erledigen, und um den Bucherwerb auf dem Weg zum Ort des Bucherwerbs zu feiern, schrieb ich mal auf, was mir auffiel. Zuerst fielen mir auf: Die Fahrkartenautomaten des Grauens, die Wiederentdeckung der Langsamkeit in Zeiten der Lichtgeschwindigkeit. Mir fiel auf: Ein T-Shirt mit der Glitzeraufschrift »Famous« und eine schlaff zwischen die Beine gehaltene Bierflasche. Eine Werbung für Auftritte von Otto im Admiralspalast fiel mir auf, außerdem ein ganzer Bierrucksack. Eine neue Mode ohnehin, im Wedding auf jeden Fall, der Rucksack voller Flaschen, volle und leere, ein tragbarer Mehrlitertank auf dem Weg zum Promillegipfel. Eine Lederjacke fiel mir auf und giftgrüne Feinstrumpfhosen. Dann Werbung für »Lachen im Bus«, eine Kombination aus Comedy und Stadtrundfahrt, die Werbung wurde von den Fahrgästen ausnehmend grimmig gemustert. Mir fiel auf: Eine Sprache, die ich nicht identifizieren konnte und das erste Plakat zur »Berlin ist, wenn …«-Werbe-Reihe, in diesem Fall eine Kellnerin mit der Aufschrift »Berlin ist, wenn …«. Es war irgendwas mit hart, aber doch ganz anders.

Mir fielen auf: Schwächen im Kurzzeitgedächtnis durch halbherziges Hingucken, Touristen, ein Kopftuch, das mit bunten Blumen bedruckt war. Mir fiel eine andere Sprache auf, die ich als Gebärdensprache identifizieren konnte, und dann fiel mir mein Umsteigebahnhof auf. Der Geruch von Haarspray fiel mir auf. Ein freier Platz fiel mir auf, eine Karte von Europa und ein Nietengürtel. Dann, dass es in der Werbung heißt »wenn's härter gesagt als gemeint ist«. Und ich dachte immer, der Berliner meint es härter als er aus Rücksicht auf feinfühlige Fremde gesagt hat.

Mir fiel auf, dass ich am Ziel war, in Neukölln. Mir fielen prächtige Hängegeranien auf, und dass viele ältere Herren allein an Imbiss- und Bäckereitischen sitzen und ganz im Reinen mit dem Straßenkosmos scheinen. Zurück fiel mir ein weiterer Fahrkartenautomat des Grauens auf, der es wieder schaffte, mir die Karte in dem Moment auszuwerfen, als meine U-Bahn abfuhr. Mir fiel auf, dass das *Berliner Fenster* eine Windows-Fehlermeldung zeigte und dass es sechzehn Uhr war.

Heimwerkerstunde, viele, viele Handwerker, die nach Hause fuhren, fielen mir auf. Mir fielen sie auf in den Varianten: Blaumann klassisch, Blaumann mit passender Blaumann-Jacke und Blaumann mit Kapuzenpulli-Ghetto-Style.

Und wieder stand ich an der Seestraße, da irgendwo rechts hinter der Mauer würde ich irgendwann mal nach dem Grabstein suchen und dem Liesegang einen Besuch abstatten. Ich stand an der Ampel, auf einem VW-Bus der Feldjäger der Bundeswehr fiel mir ein Schriftzug auf. Feldjäger-Notruf stand da mit einer Telefonnummer. Wann wäre die Situation, die Feldjäger per Notruf zu holen, und wie sollte man sich diese lange Nummer merken, damit man sie in der passenden Situation parat hat, überlegte ich. Aber das führte hier zu weit, es fiel mir halt einfach nur auf.

Volker Surmann

Wie ich in Berlin einmal fast gesteinigt wurde

Oder: *Spiegel Online* hat vielleicht doch recht

Ich war ja so weit, meinen Weddinger Kollegen zu glauben. Nach fünf Jahren hatten sie mich beinahe dazu gebracht, alle Berichte über die Gefährlichkeit des Weddings für eine einzige Verschwörung von *Spiegel Online* zu halten.

Ich hatte Heiko Werning sogar abgenommen, die massiven Gitter vor den Fenstern seiner Erdgeschosswohnung, die Stahlplatte an der Eingangstür und die sage und schreibe fünf Schlösser davor, inklusive eines mehrere Zentimeter dicken Stahlriegels, rührten allein vom krankhaften Sicherheitsbedürfnis seiner Vormieterin. Er wisse gar nicht, wo die Schlüssel seien, und der Stahlriegel sei auch nur so blank, weil seine Söhne den immer so gerne ableckten. Kinder halt. Nein, nein, der sei nicht in Benutzung.

Andererseits kann es doch kein Zufall sein, dass der neu geschaffene kleine Garten hinter der Wohnung mit zwei Meter hohen Zäunen umgeben ist und der Sandkasten für Heikos Söhne von gleich mehreren Brauseboy-Kollegen einsehbar ist.

Und auch die Tatsache, dass Robert Rescue und Frank Sorge mit dem Zuzug in den Wedding schlagartig an Körperumfang zulegten und Heikos Erscheinung schon immer recht massiv war, kommt mir inzwischen verdächtig vor. Wahrscheinlich tragen sie unter ihrer Straßenkleidung heimlich kugelsichere Westen.

Zugegeben, ich mache vielleicht ein dummes Gesicht, wenn ich nachts um halb drei müde und leicht angetrunken von einer Party komme, die U-Bahn knapp verpasse und mich die Leuchtschrift »U6 nach Mariendorf: 14 Minuten« scheel angrinst. Eine Verabschiedung weniger, zwei Schritte schneller auf dem Weg und ich hätte einfach so in die U-Bahn springen können. Die folgende Szene wäre mir erspart geblieben und ich dürfte weiter an die Mär vom freundlichen Arbeitslosenbezirk mit sympathischen Alkis und drolligen Migrationshintergründlern glauben.

So aber grinsten mich nicht nur die Buchstaben der elektronischen Anzeigetafel an, sondern auch drei gelangweilte Jugendliche auf dem anderen Bahnsteig gegenüber, die in astreinem Gangsta-Outfit auf einer Bank hockten. Einer mit schiefer Basecap, vermutlich deutsch-stämmig, wobei deutsch-stämmig tatsächlich passte: Er war etwas pummelig; ob er wirklich deutscher Herkunft war, konnte ich nicht genau eruieren, da er sich lautlich dem hiesigen Gangsta-Rapper-Soziolekt vollständig angepasst hatte. Sein Kumpel, schlaksig und größer, deutlich mit Migrationshintergrund, machte auf Bushido-look-alike, der Dritte ist mir nicht im Gedächtnis geblieben. Er war ein Dritter halt, der dabei war, weil immer ein Dritter dabei sein muss, dessen Rolle es ist, nichts zu sagen oder tun, sondern nur treudoof den anderen beiden hinterherzudackeln und alles cool zu finden, was die sagen oder tun. Die Kollegin Kali Drische hat solche Gesellen einmal sehr passend mit »Füllstoff« umschrieben.

Die drei langweilten sich. Das war unschwer zu erkennen, denn sie hatten mich als ihr Unterhaltungsprogramm auserkoren. Viele Programmalternativen gab es auch nicht, da ich neben ihnen der einzige Mensch im U-Bahnhof Seestraße war.

»Hast U-Bahn verpasst, Alta? He he. Scheise was?! Musst warten, Hurensohn!«

So ging es noch ein paar Sätze weiter. Was dann geschah, hat mir einmal mehr gezeigt, wie unvertraut ich nach all den Jahren Brauseboys mit den örtlichen Gepflogenheiten dieses Berliner Stadtteils immer noch bin, denn irgendetwas ritt mich, ein beherztes »Och Jungs, könnt ihr einfach mal die Klappe halten?« zum anderen Bahnsteig hinüberzurufen.

Das war gewiss nicht klug, aber sicher nicht ungerechtfertigt. Doch drüben, jenseits von Abstellgleis und Gleis der Gegenrichtung, musste sich der semantische Gehalt meiner Bemerkung gewandelt haben zu etwas wie: »Ey, du elende Missgeburt, ich ficke deine Mutter, deine Schwester, alle deine Brüder und dich dann erst recht und pinkle danach auf den Schatten deines Gottes!«

Pummelchens Stimme wurde jedenfalls deutlich aggressiver: »Ey«, wills' mich beleidigen, du Hurensohn!? – Hurensohn, wills' misch anmachen, oder was?«

Er war definitiv zu weit weg, um meine verdrehten Augen zu sehen. Sicherheitshalber schwieg ich. Nichts lag mir ferner, als dieses Milchbubi-Großmaul anzumachen.

»Ey, Hurensohn! Warum sagste nix? Bist nisch von hier, was? Wir sind von hier! Bist sicherlisch aus'm Osten. Hurensohn, bist von Friedrischstrass, was?! Von Friedrischstrass.«

Ich schwieg lieber auch, als danach ein Kübel übelriechender Beschimpfungen über mir ausgekippt wurde. Ich hielt in der weiterhin menschenleeren U-Bahnstation nach dem Hinterausgang Ausschau und schlenderte, bemüht, dabei größtmögliche Gelassenheit auszustrahlen, den Bahnsteig hinunter.

»Hurensohn! Bleib steh'n, oder wir komm rüber, Hurensohn!«

Und das taten sie tatsächlich. Der Wortführer sprang ins Gleisbett. Behände überwand Pummelchen alle stromführenden Schienen, leider, und stand plötzlich auf meinem Bahnsteig, gute zwanzig Meter hinter mir. Die beiden anderen kletterten auch gerade ins Gleisbett und folgten ihrem Anführer. Damit hatte ich nicht gerechnet.

»Hurensohn, bleib steh'n!«

Ich ging weiter auf den Hinterausgang der Station zu. Noch immer war ich mit der Gang allein im U-Bahnhof. Ach, sagen wir es, wie's war: Ich bekam es langsam mit der Angst zu tun. Vielleicht wurden meine Schritte deshalb ein wenig schneller. Dummerweise registrierte Pummelchen das und spurtete mit einem Mal auf mich los und schrie: »Hurensohn, bleib steh'n!«

Und bevor ich auch nur darüber nachdenken konnte, was jetzt die angemessene Reaktion wäre, hatte meine Angst meine Füße schon auf die Treppe nach oben gejagt, hinaus auf die Seestraße. Ich hörte höhnisches Gelächter aus der U-Bahnstation hallen, doch die Jungs folgten mir nicht.

Draußen verschnaufte ich. Super. Ich war gerade vor einem vierzehnjährigen Halbstarken davongelaufen. Einem etwas pummeligen Gangster-Imitat mit vermutlich mühsam antrainiertem Soziolekt. Der wollte mir doch nur einen Schrecken einjagen, sonst nichts! Andererseits: Hier im Norden von Berlin reichte gelegentlich auch schon ein Schneeballwurf, um totgeprügelt zu werden. Ich sah schon die Schlagzeilen vor mir: »Vorlesekünstler Volker S. starb, weil er die U-Bahn verpasste. Sein Mörder Sören-Alexander von T. (14) über sein Motiv: ›Dieser Hurensohn machte so ein dummes Gesicht, sah voll aus nach Friedrischstrass.‹«

Es war im Grunde ein klassisches Dilemma gewesen, in so einer Situation hat man ja eigentlich keine Chance: Wegzulaufen war ein Fehler. Wäre ich aber stehen geblieben, wäre das mein Fehler gewesen, schließlich hätte ich damit überdeutlich signalisiert, dass ich die Angriffsformation von Aggropummelchen nicht ernst genommen hätte. Dann hätten sie direkt vor mir gestanden. Sie zu dritt, ich allein. Egal, was ich dann gesagt oder gerufen hätte, auch das wäre automatisch falsch gewesen. Wer zum Hurensohn gestempelt wird, ist Freiwild und kann nichts mehr richtig machen.

Ein paar Minuten stand ich oben auf der Seestraße, überlegte, ein Taxi anzuhalten oder zu Fuß zur Ringbahn zu laufen. Doch dann ging ich noch einmal die Treppe runter und linste um die Ecke auf meinen Bahnsteig.

»Hurensohn, wir sehen disch!«, rief es von weit drüben. Die drei waren wieder auf der anderen Seite. Ich konnte also gefahrlos schauen, wann meine U-Bahn kam: Vier Minuten. Und da hinten saß noch mindestens ein anderer Fahrgast auf einer Bank. Also traute ich mich wieder auf den Bahnsteig, versuchte, alle »Hurensohn«-Rufe zu ignorieren, nahm noch einmal all meinen Mut zusammen und rief rüber, ob sie nichts Besseres zu tun hätten, als nachts irgendwelche wildfremden Leute anzupöbeln, obwohl ich die Antwort selbstredend schon kannte. Aber egal, verloren hatte ich eh, da konnte ich meinem Ärger auch mal Luft machen.

Mit klammem Gefühl in der Brust erreichte ich die Bank in der Mitte des Bahnsteigs. Ein Mann saß darauf. Mitte vierzig, seine Fußspitzen taxierend. Ich weiß nicht, ob er meine Anwesenheit registrierte.

»Hurensohn, renns' einfach weg! Ey, du bist mindestens sechsunzwanzisch und läufs' vor uns weg wie'n Mädschen.«

Hatten mich die Jungs gerade auf sechsundzwanzig geschätzt? Vielleicht waren sie ja doch ganz okay.

»Ey, Hurensohn! Bist voll das Mädschen, Hurensohn!«

Nee, doch nicht. In anderen Kontexten, zum Beispiel viel später, hätte mich diese Aussage sicherlich amüsiert: Ein Hurensohn, das Mädchen ist. Unterrichtet Judith Butler inzwischen an einer Weddinger Oberschule?

»Hurensohn, isch ficke deine Mutter!«

Im Nachhinein möchte man da fragen: »Echt? Du willst eine Prostituierte ficken? Willste etwa Papa von 'nem Hurensohn werden?«

»Hurensohn, bist voll das Opfa!«, riefen sie von drüben, höhnisch und aggressiv. Der schlaksige Araber der Gang sprang wieder vom Bahnsteig ins Gleisbett.

»Ey, nisch ins Gleis, pass auf, U-Bahn kommt gleisch«, warnte Pummelchen seinen Kumpel, ich überlegte, so etwas wie »Schön wär's!« zu rufen, verkniff es mir aber.

Pummelchen zog seinen Kumpel wieder auf den Bahnsteig, der hatte eine Handvoll Steine aus dem Gleisbett gegrabscht.

Der Mann neben mir auf der Bank lernte weiter seine Schuhspitzen auswendig und sah nur einmal kurz auf, als der erste Stein auf dem Bahnsteig aufschlug, und guckte mich vorwurfsvoll an, als hätte ich den Stein geschmissen. Der zweite Stein sollte mich treffen und verfehlte meinen Kopf nur um einen knappen Meter.

Ich beeilte mich, hinter einem Kiosk in Deckung zu gehen. Lachen. »Hurensohn«, »Opfer-Opfer«-Rufe. Steinwürfe. Der Mann auf der Bank mit seinem Was-geht-mich-das-an-Gesicht, weitere Wartende waren gekommen, quatschten aber irgendwo hinten und kriegten nicht mit, was geschah. Verbale Großmäuligkeit ist ätzend, aber gezielte Steinwürfe gehen definitiv zu weit. Ich griff nach meinem Handy, verdammt, meine Finger zitterten sogar! Wegen ein paar Vierzehnjähriger! Doch es gelang mir, die Ziffernfolge »110« einzutippen, dann versuchte ich, so ruhig wie möglich zu erklären, wieso ich anrief, während noch ein paar weitere Steine links und rechts an mir vorbeizischten.

Noch während ich mit der Polizei telefonierte, kam drüben die U-Bahn, die drei halbstarken Arschlöcher stiegen grinsend ein. »Okay, ich glaub, hat sich erledigt, die sind weg …«, sagte ich ins Telefon und legte auf. Die U-Bahn fuhr an, die lustige Gang von der Seestraße kasperte noch an der Scheibe rum und winkte mir zu – unschwer zu erraten, welches Wort ihre Lippen gerade formten.

Paul Bokowski

Ostern in der Müllerstraße

Im rechten Seitenflügel der Müllerstraße 138, aufgestützt auf ein Kissen am offenen Fenster, steht die Rentnerin Rita Schoblinksy und ruft nach ihrer langjährigen Freundin Herta Kemper aus dem gegenüberliegenden Seitenflügel:

RITA: Herta!

HERTA: Watt'n?

RITA: Herta!

HERTA: Ja, watt'n?

RITA: Komma ans Fensta! *(An einem anderen offenen Fenster derselben Wohnung steht die erwachsende Tochter Sabrina Schoblinksy und brüllt unaufhörlich hinunter in den Innenhof.)*

SABRINA: KALT!

RITA: Hertaaaa!

HERTA: Ja, ja, wat issn los?

RITA: Kiek ma, Herta.

HERTA: Wat soll ick'n kieken?

RITA: Kennste noch die beeden? *(Sie zeigt hinunter in den Innenhof.)*

HERTA: Nee.

SABRINA: JANZ KALT!

RITA: Klar kennste die!

HERTA: Nee, Rita. Kenn ick nich.

RITA: Mensch Herta, logo kennste die. Dit sind doch die Kinda von meener Sabrina.

HERTA: Wat?

SABRINA: SO RICHTIG KALT!

RITA: Na die Kinda von meener Sabrina.

HERTA: Seit wann hat die Sabrina denn Kinder?

RITA: Na, richtig lang schon.

HERTA: Wie!? Richtig lang schon?

SABRINA: NEE, SARAFINA, KUCK MA LIEBER IRGENDWO DA DRÜBEN!

RITA: Na, so richtig lang schon. Wart ma eben! *(Brüllt hinunter in den Innenhof.)* Jeremy! Jeremy! Zeigste die Tante Herta ma, wie alt du dieset Jahr jeworden bist?

HERTA: *(Zu Jeremy.)* Kannste dit?

SABRINA: NEE, SARAFINA, DIT ANDERE DRÜBEN!

RITA: Na los, Jeremy!

HERTA: Mach doch ma!

RITA: Na los! Is doch nich so schwer.

HERTA: Mensch, Jeremy, mach doch ma.

RITA: Jetzt mach endlich, du faule Kackbratze!

SABRINA: BEI DIE FAHRRÄDER VIELLEICHT!

RITA: *(Zu Herta.)* Manchma willer einfach nich. Aba eigentlich kann er dit. Da isser richtig jut drin.

HERTA: Wie alt isser denn?

RITA: Ölf.

SABRINA: NEE, JEREMY, DIT SIND RATTENKÖDER!

HERTA: Und dit Gör?

RITA: Dit is die Sarafina. Och Ölf.

HERTA: Mensch, Rita!

SABRINA: DA IS OCH KALT!

RITA: Watt'n?

HERTA: Wie geht'n dit?

RITA: Na Zwillinge, Herta.

HERTA: Nee, Rita. Dit mein ick doch jar nich.

SABRINA: SACH MA, SARAFINA, HASTE SCHEISSE AUF DEN AUGEN?

RITA: Wat meinst'n dann?

HERTA: Na, wie dit sein kann, mein ick. Wie kannet denn sein, dass de gleich zwee Enkelkinder haben tust und ick beede noch nie zu Jesicht bekomm' hab.

RITA: Biste sicha?

HERTA: Ja.

SABRINA: KLAR, JEREMY, GUTE IDEE!

RITA: Janz bestimmt?

SABRINA: WIRKLICH GUTE IDEE!

HERTA: Klar. Janz sicha.

SABRINA: ICK BIN BESTIMMT HEUT MORJEN IN ALLER HERRJOTTSFRÜHE IN DIE BESCHISSENE MÜLLTONNE JEKLETTERT!

RITA: Du, Herta, da kann ick och nichts füa. Die Sabrina und der Ringo, die woh'n halt so fürchterlich weit weg.

HERTA: Aba Rita! Man muss die Mischpoke doch zusammenhalten!

RITA: Denkste dit weeß ick nich? Dit hab ick der Sabrina doch och imma jesacht. Immer wieder. Hör zu, Sabrina, hab ick jesacht, du hast nur eene Familie. Wat soll denn ma werden aus deene Kinner, so janz ohne Großmama?

SABRINA: ICK HAB JETZT ECHT JENUG. GEHT MA 'N BISSCHEN UFFER STRASSE SUCHEN. ICK KUCK JETZ' FUSSBALL!

HERTA: Wo wohnse denn?

RITA: In Spandau.
HERTA: Wie!? Siemensstadt!?
RITA: Nee. Spandau-Altstadt. So richtig.
HERTA: Und wer war ditte? *(Zeigt zum anderen Fenster.)*
RITA: Wer?
HERTA: Na, ditte eben! Der Papa von die Görn?
RITA: Nee. Dit war doch die Sabrina! SABRINA! KOMMSTE NOCHMA HER?
SABRINA: Wat issn?
RITA: Sachste ma hallo zu die Herta?
SABRINA: Tachchen.
HERTA: Groß biste jeworden.
SABRINA: Danke!
HERTA: Janz der Papa!
SABRINA: Ja, ja. Dit hör ick öfter.
HERTA: Wat issn nu mit die Eier?
SABRINA: Wat für Eier?
HERTA: Na, für Jeremy und Saradingsbums.
SABRINA: Wat soll'n damit sein?
HERTA: Wo hastse denn versteckt?
SABRINA: Bin ick bescheuert? Ick hab doch keene Eier versteckt. Jeht doch ums Suchen!
HERTA: Macht man dit so in Spandau?
SABRINA: Nö. Aber frag ma meene Mutter.
RITA: Dit hab ick mit der Sabrina och immer so jemacht.
SABRINA: Janz alte Familientradition. Hia im Wedding!
HERTA: Na, dann Frohe Ostern!

(Ende der Szene.)

Frank Sorge

Wir warten

Ich warte an der Tram-Haltestelle, an der auch andere warten. Wir gehen davon aus, dass uns die nächste Tram Richtung Osloer Straße fahren wird. Letztlich weiß man das aber nie so genau.

Im Bereich des Möglichen wäre zum Beispiel, dass sie einfach rückwärtsfährt bis zur Starthaltestelle und der Fahrer ausruft »April, April«, obwohl noch November ist. Auch könnte sich jemand in den Weg stellen und mit bis dato geheim gehaltenen Superkräften die Tram daran hindern, Richtung Osloer zu fahren. Ich weiß nicht, ob nicht vielleicht das schon ausreicht, was man sich hier in den Muckibuden ringsherum in die Pausenmilch rührt, um mit einer Hand die Tram aufzuhalten, bis deren Räder durchdrehen und sich funkensprühend in die Schienen einschleifen.

Superman war schließlich gestern und ist längst ein Auslaufmodell. Die Rechenkraft von Computern zum Beispiel hat sich seit dem Zweiten Weltkrieg mindestens verzehntausendfacht, auf anderen Gebieten wie dem Kraftsport habe ich eine ähnliche Steigerung vielleicht einfach nicht mitbekommen. Und selbst, wenn die Kraft desjenigen nicht ausreicht, um die Tram zu stoppen, wird die Tram doch stoppen, definitiv, diese Wette gewinnt man in jedem Fall.

Eine alte Frau wartet mit mir. Sie hat einen Rollator mit Körben, in denen ein paar Dinge in Plastiktüten verstaut sind, und sie hat ein Alter erreicht, das man von außen nur noch in Jahrzehnten schätzen kann. Wären es Jahrhunderte, würde ich mich auch nicht wundern, sie strahlt gewissermaßen ein zeitloses Greisenalter aus. Wie Gandalf etwa, der gegenüber an der Wand des Kinos *Alhambra* klebt und zu uns hinübersieht. Auch nicht wundern würde mich bei dieser Frau, wenn sie überraschende Zauberkräfte offenbarte. Den Rollator braucht sie offenbar nicht, um sich zu stützen, denn sie hat ihn umgedreht und sich lässig darauf gesetzt. Die Beine angewinkelt und auf eine Strebe abgestellt. Vollkommen locker auf ihrem mobilen Barhocker sitzt sie, kaut dabei etwas Unsichtbares und raucht eine Filterzigarette.

Käme jetzt so ein Oberrapper vorbei, wie Massiv oder Massivholz, der sähe neben der cool da sitzenden Rentnerin so alt aus, dass sie ihm wohl ihren Platz anbieten würde. Oder so was sagen würde wie: »Was guckst du so, Alter, passt dir irgendwas nicht? Passt dir meine Fresse nicht?« Und wäre der Oberrapper dann noch so leichtsinnig, etwas wie »Schnauze, Oma« zu sagen, würde sie ihn so schnell mit einer Tirade überziehen à la »Willst du mich anmachen, oder wat, du Spasti im Clownskostüm, steck dir deine Knarre in den eigenen Arsch. Lass dich lieber noch mal adoptieren, wenn dir Mutti fehlt, du Flachzange«, dass er immer weiter die spiralförmige Treppe der Verwirrung hinunterpurzeln würde, ohne zu wissen, wie ihm geschieht. Vielleicht würde er ihr nahe kommen im Affekt – Schläge wären wohl etwas heftig, überlegt er, will ihr aber wenigstens die Zigarette aus der Hand schnippen. Bevor es aber so weit kommt, hat sie die schon in Herzhöhe durch sein Synthetikshirt gebrannt und schön an seinem Brustbein ausgedrückt, woraufhin er nach hinten ausweicht, stolpert und aufs Neue beweist, dass ein Mensch durchaus in der Lage ist, eine Tram aufzuhalten.

Oder sie hätte eine der Plastiktüten gegriffen und sich nicht die Mühe gemacht, die Knarre herauszuholen, die sie aus der Tüte heraus abfeuert.

Diese Frau ist gefährlich, das sieht man schnell, schon allein daran, wie sie so cool auf ihrem Rollator hockt. Aber sie ist nicht allein, noch eine Frau ist gefährlich und erreicht die Haltestelle, um mit uns anderen auf die Tram zu warten. Sie ist ungleich jünger, aber auch schon eine Weile erwachsen. Auch scheint sie kräftigen Speisen zugeneigt zu sein, Kannibalismus nicht ausgeschlossen, jedenfalls sind ihre Rundungen durchaus augenfällig.

Noch augenfälliger ist aber das leichte Kleid im Tigermuster, das so knapp dort endet, wo ihre Beine beginnen, dass sie quälend oft am Saum herumzupft. Ihr Blick dazu, den sie schweifen lässt, ist ein schummriges, geräumiges Schlafzimmer mit unzähligen Kissen und Decken, aus versteckten Lautsprechern füllt »Je t'aime« in Longplay-Version die leicht überheizte Spielwiese.

Unvorsichtigerweise schaue ich eine Sekunde zu lang in die größer geschminkten Augen und eine Testosteron-Sicherung brennt durch. Nur mit großer Selbstbeherrschung, die zwei Grundkurse Yoga und viele Jahre Harai-Kiri-Kiri in mir angelegt haben, widerstehe ich dem unbändigen Drang, zu hauchen: »Hey Baby, wo hast du Rakete denn vor, heute zu landen?«

Vermutlich ist es aber auch mein Selbsterhaltungstrieb, der ahnt, dass sie mir nach so einer Bemerkung einfach den Kopf abbeißen und ihn beiläufig auf die Tramschienen spucken würde. Ist ihr nicht kalt in diesem erschreckend kurzen und leichten Tigermusterkleid? Und warum weckt so ein Tigermusterkleid in mir das Bedürfnis, zu bellen? Oder heizt sie einfach alle um sie herum so dermaßen auf damit, dass sie im Zentrum der Aufmerksamkeit keinen Pullover braucht?

Glücklicherweise kommt jetzt die Tram zu uns Wartenden. Und bringt uns dorthin, wo wir hinwollen. Nur die alte Frau bleibt einfach sitzen und raucht weiter. Was sind schon ein paar Minuten Wartezeit, was ist ein Tag oder ein Jahr, oder auch ein Jahrhundert? Für sie sind wir nur Schall und Rauch.

Heiko Werning

Dichter und Currywurst

Als ich herzog, hielt ich es für einen großen Pluspunkt der Infrastruktur, direkt gegenüber einer Pommesbude zu wohnen. Nach dem ersten Besuch beim *Imbiss zur Mittelpromenade* sah ich das schon deutlich kritischer. Nach dem zweiten und dritten erst recht.

Es dauerte nicht sehr lange, bis mir klar wurde, dass die kleine Bude an der Straßenbahnhaltestelle eine echte Bedrohung darstellt. Dass Imbissbudenessen nicht gerade besonders gesundheitsförderlich ist, weiß ich natürlich. Bis dahin hielt ich das aber immer für eine eher akademische Überlegung, weil man irgendwann später die Rechnung dafür bezahlen muss, sich zu ungesund ernährt zu haben. Beim *Imbiss zur Mittelpromenade* aber wird sofort kassiert. Da sind Cholesterinwerte in zwanzig Jahren keine Bedrohung, sondern Verheißung. Weil man damit rechnen darf, dieses Alter überhaupt zu erreichen. Luxus-Sorgen. Nach einem Besuch des *Imbiss zur Mittelpromenade* hat man genug damit zu tun, die folgende Nacht zu schaffen. Und ich bin sicher, nicht allen gelingt das. Klar, im Verkehrstotenbericht von Berlin taucht die Ecke Seestraße/Müllerstraße immer wegen der Straßenbahnunfälle als Spitzenreiter auf. Aber niemand führt Buch darüber, *warum* die Menschen sich hier scheinbar wie die Lemminge in den Abgrund vor die Wagen der Linie 52 stürzen.

Seit Langem schon wechsele ich, wenn ich nachts von den Brauseboys oder aus der U-Bahn komme, die Straßenseite erst auf Höhe Genter-/Lüderitzstraße. Es hat lange gedauert, aber heute weiß ich, wie ich der Bude entkomme. Man muss sie austricksen, man muss sie weiträumig umgehen. Man darf nicht in ihren Dunstkreis kommen, und das Wort ist hier ausnahmsweise verdammt noch mal wörtlich zu nehmen, jedenfalls nicht, wenn man zuvor Bier getrunken hat und anfällig ist für den Geruch von siedendem Fett und brutzelnden Kartoffelsurrogatschnipseln. Ich weiß das. Es ist eines der Privilegien des Älterwerdens, nicht mehr jede Herausforderung suchen zu wollen.

Es war ein schöner Abend gewesen. Zufrieden torkelten der Dichter aus der fernen Stadt und ich zu später Stunde nach den Brauseboys nach Hause, schon wollte er nach der Nachtbushaltestelle fragen, da wurden seine Augen plötzlich größer, und ein leicht satanisches Grinsen kroch in sein Gesicht, als er fragte: »Da ist ja noch eine Pommesbude! Wollen wir nicht noch?«

Erschrocken sah ich ihn an. Das ist der *Imbiss zur Mittelpromenade*, wollte ich zu einer Warnung ausholen, aber im Dichterkopf waren alle Synapsen schon umgelegt, die Gier trat in seine Augen: »Komm, noch eine Currywurst. Auf den schönen Abend. Wenn ich schon mal im Wedding bin.«

Und ohne weiter abzuwarten, zog es ihn schon in Richtung Mittelstreifen, hin zum Licht, wie ein überdimensionaler Nachtfalter strebte er auf die Luke zu. Ach, was soll's, dachte ich. Ich war schon monatelang nicht mehr dort gewesen, warum also nicht.

So bestellten wir also je eine Currywurst. Wir sahen der Wirtin zu, wie sie wortlos zwei Würste aus dem Sud griff und mit unbewegter Miene in die Fritteuse gleiten ließ. Mich durchzuckte ein leichter Ekel, aber der Freund bleckte die Zähne und ließ seine fleischige Zunge über die Lippen fahren. Er wollte es jetzt und er wollte es hier. Und er wollte es hart. Sein lefzender Blick hing an der Zange der Fritteusin, an jeder ihrer Bewegungen. In jedem anderen Zusammenhang hätte man das als ungebührliches Anstarren gewertet, und ja, er starrte sie an und war nicht an ihr als Person interessiert, er wollte nur ihr Fleisch, Fleisch!, heißes, tropfendes Fleisch, und sie war willig, ihm zu Diensten zu sein. Für nur einen Euro fünzig ließ sie es spritzen und blubbern, dann tauchte sie tief ein in das Inferno der Fleischeslust, hielt seine Wurst zwischen ihren stählern verlängerten Fingern, schüttelte, bis sie den letzten Tropfen herausgemolken hatte.

»Normal oder extra scharf?«, fragte sie gelangweilt, und der Dichter rief: »Scharf! Ja, extra scharf!«

Das Pulver staubte, der Ketchup ergoss sich darüber, und schon standen wir an den Stehtischchen mit der dampfenden Masse vor uns, ein frisches Bier daneben, und gierig schlangen wir die Bröckchen in uns hinein. Schmeckt ja doch eigentlich ganz gut, dachte ich, wohl wissend, dass dies eine Täuschung ist, eine Art Geschmacks-Fata-Morgana, aber was soll's, bereuen könnte ich auch am nächsten Morgen noch, sogar richtig, wie sich im nächsten Moment herausstellte, denn der Dichter hatte noch nicht genug.

»Komm, wir nehmen noch eine«, rief er mir zu, »ich war schon seit Jahren nicht mehr im Wedding, und jetzt will ich's haben, jetzt will ich's richtig, los, wir bestellen noch eine!«

Irgendwo in meinem Kopf leuchteten noch einige Warnlampen auf, das System lief zuverlässig, an sich, es erkannte die Gefahr. Sie war allerdings auch nicht schwer zu erkennen, denn der Dichter stand an der Luke und blaffte: »Noch zwei Würste! Scharfe Würste! Extra-scharfe Würste, mach sie uns heiß, bitte, wir wollen es heiß und scharf!«

Dann drehte er sich zu mir um und rief: »Und wir nehmen noch'n Schnaps!«

Es war keine Frage. Die Warnleuchten blinkten hektischer, fast hätten sie mich in die Realität zurückgeholt, fast hätte ich ein »Nee, lass mal, für mich nicht mehr!« zu ihm gerufen, da hatte er die Bestellung schon aufgegeben und ich sah, wie die Fritteusin wortlos zwei Fläschchen aus der Auslage kramte. Jägermeister. Die Warnlampen brannten durch.

Schon torkelte der Dichter wieder auf unseren Stehtisch zu, zwei Papptabletts balancierend, dazu knallte er die Fläschchen des Grauens auf die Tischplatte. Wir schraubten sie auf, prosteten uns zu, ließen das Gift in unseren Körpern verschwinden und warfen sofort Wurststück um Wurststück hinterher, ist ja nicht viel dran, an so einer Wurst, ruckzuck war sie verschwunden. Der Dichter nahm das Tablett, streckte seine fleischige Zunge heraus und ließ sie in der reichlich übrig gebliebenen Ketchup-Curry-Masse kreisen, als wäre sie auch eine Wurst, er wälzte sie ausgiebig darin, dann ließ er sie großflächig über die Pappe streichen, erst noch vorsichtig, dann aber zunehmend sicherer und bestimmter, am Ende strich er mit professioneller Gründlichkeit darüber, als gelte es, seltenes Porzellan zum Glänzen zu bringen. Und erst, als kein Ketchupmolekül mehr auszumachen war, weder optisch noch offenbar geschmacklich, ließ er von dem restlos ausgeweideten Pappkadaver ab, sah kurz mich an, kurz mein Tablett, auf dem das Plastikgäbelchen in der Mixtur aus ausgetretenem, gelblichem Fritteusenfett und rotbräunlich zähem Saucenrest senkrecht stand, so zäh war die Masse, und ehe er es sich krallen konnte, fragte ich: »Nehmen wir noch eine Wurst? Diesmal bin ich dran!«

Ich wankte zur Luke, und es war mir nicht mal mehr peinlich, als ich sie bestellte, und den Jägermeister, und noch zwei

Bier, jetzt war ohnehin alles egal. Nun aber musste auch mal etwas heraus, verdammt, dachte ich, und dann fiel mein Blick auf sie: Direkt neben dem Imbiss stand sie, seit ich hier wohne stand sie da, und nie, niemals hätte ich es für möglich gehalten, einen Fuß in sie zu setzen. Ich kicherte irre, wühlte in meinem Portmonee, dann warf ich ein Fünfzig-Cent-Stück in einen Schlitz, wie von Geisterhand glitt eine Tür zur Seite und ich betrat sie: die erste City-Toilette meines Lebens. Der Dichter blickte mir besorgt hinterher, als die Tür wieder zuglitt.

Auch ich hielt es durchaus für möglich, dass dies das Portal zu einem anderen Universum war, vielleicht auch zum Hades, ein widerliches bläuliches Licht herrschte im Inneren des kreisrunden Teils, ein intensiver Duft umfing mich. War ich schon in einer fremden Galaxis, war ich in einem Raumschiff? Waren sie gekommen, um mich zu holen? Feierlich schritt ich vor zum Cockpit und reichte der fremden Lebensform, die da still und ehern vor mir stand, zur Begrüßung mein Glied.

Der unangenehme Geruch in dem Ding und der weichende Blasendruck holten mich in die Wirklichkeit zurück, oh Gott, ich war in einer City-Toilette! Schnell schüttelte ich ab, die letzten Tröpfchen wichen wie bei einer Currywurst im Griff der Fritteusin, mich fröstelte ein wenig, dann wollte ich fliehen von diesem Ort des Grauens und stand ratlos vor dem vermeintlichen Ausgang, aber nichts tat sich. Ich spürte Angst. War es doch eine Falle? Ich drückte und rüttelte, nichts passierte. Entsetzen stieg in mir auf. Sie hatten mich! Mein letztes Stündlein hatte geschlagen. In einer City-Toilette. Um Gottes Willen. Das durfte nicht sein! Ich schrie um Hilfe. Draußen hörte ich den Dichter.

»Was'n los?«

»Ich komm hier nicht mehr raus!«, brüllte ich. Es wurde für eine Weile still, dann hörte ich Schritte und seine Stimme: »Da muss irgendwo ein Knopf sein!« Ein Knopf! Damit hatte ich nun nicht gerechnet, aber tatsächlich, da war ein Knopf, die Tür glitt auf, breit grinsend stand der Dichter vor mir, in jeder Hand ein Tablett mit unseren Würsten, sein Blick hatte längst etwas Wahnhaftes.

»Hier, heiß und scharf«, lachte er mir kehlig entgegen, dazu die Jägermeister, mühsam krallte ich mich am Stehtischchen fest, als ich plötzlich dachte, ich sähe nun schon vollends doppelt. Der Dichter schleckte wieder sein Tablett sauber, daneben stand jemand, in einer Hand eine Plastiktüte, in der anderen eine Flasche Korn, er starrte auf den Dichter und seine gründlich arbeitende Zunge, dann sagte er plötzlich: »Ich kenn Sie doch!«

Der Dichter ließ das Papptablett sinken und blickte ihn irritiert an, sein Gesichtsausdruck war umgeschlagen ins Abwehrend-Aggressive. Au weia, dachte ich, hoffentlich gibt's jetzt nicht noch 'ne Schlägerei, da sagte die abgerissene Gestalt: »Sie sind doch Dichter, oder nicht? Doch, ich habe Sie mal gesehen, Sie sind Dichter!«

Der Dichter schaute verblüfft, dann strahlte er ihn an: »Sie erkennen mich? Hier, nachts auf der Mittelpromenade, mitten im Wedding!«

Er konnte es nicht glauben, und ich ehrlich gesagt auch nicht. »Das muss ein Zeichen sein!«, jubelte der Dichter, und plötzlich stand auch noch der Kollege Nils Heinrich neben uns. Wo kommt der denn jetzt her?, dachte es schwach in mir, aber der wohnte damals noch um die Ecke. Jedenfalls kannte Nils den Dichter natürlich auch, und der Dichter war so überwältigt von seiner unerwarteten Prominenz, hier im Wedding, um inzwischen halb drei Uhr morgens, dass er eine Runde Currywürste für uns alle bestellte, und Jägermeister und noch ein Bier, und da ungefähr setzt dankenswerterweise meine Erinnerung aus. So weiß ich nur aus den Erzählungen von Nils, dass ich im Lauf der Nacht noch für alle eine begeisterte Führung durch die City-Toilette geboten und von ihren Vorzügen geschwärmt habe, und dass der Dichter noch unter Androhung von Schlägen nach einer fünften Currywurst verlangte. Aber die Fritteusin hatte ein Einsehen, alles Trommeln an der Scheibe nutzte nichts, unerbittlich um drei Uhr stellte sie die Fritteuse ab, und irgendwie müssen wir wohl alle nach Hause gekommen sein.

Am nächsten Tag mochte ich nichts essen. Bis zum Abend. Und am *Imbiss zur Mittelpromenade* war ich seither nicht wieder. Nach Einbruch der Dunkelheit bleibe ich lieber auf der anderen Straßenseite. Sicher ist sicher.

Obere Müllerstraße

Frank Sorge

Huhn ist ihr Gemüse

Irgendwas läuft hier falsch. Ich bin es nicht, ich laufe nur auf dem Weg zur Bank am neuen Dönerladen vorbei und lese den Namen: *Gemüse Kebab*. Beim Zurücklaufen sehe ich die Eröffnungsangebote und lasse mich anlocken.

Vielleicht wirklich eine gute Alternative, überlege ich, Döner mal ohne Fleisch und schön mit Schafskäse, wie auf dem Foto. Und sind nicht vorhin in den Nachrichten beunruhigende Meldungen über resistente Keime im Hühnerfleisch gelaufen? Auch wenn ich Chicken Döner seit jeher verschmähe und mir eine solche Nachricht nicht gleich Angst einjagt, kann man das ja mal als Anlass nehmen. Sehr gespannt bestelle ich einen Gemüse Kebab.

»Soße?«

»Scharf.«

Das Erste, was in meinen Gemüsedöner geworfen wird, ist Hühnerfleisch.

»Aha«, sage ich, »der ist also doch mit Fleisch?«

»Na, ham Sie Döner bestellt, oder nicht?«

Der Ton ist leicht genervt, vielleicht haben sie schon öfter in einem Geschäft namens *Gemüse Kebab* bei der Bestellung von Gemüse Kebab eine ähnliche Anmerkung wie meine gehört.

»Ich habe einen Gemüse Kebab bestellt«, sage ich.

»Na, also.«

»Aber da rechnet man einfach nicht damit, dass man Fleisch bekommt.«

»Aber ist Döner, oder? Haben Sie Döner bestellt.«

Ich sehe hier nur einen Chicken Döner, den ich sonst nicht als Döner zähle. Immerhin ist wenig Fleisch darin und tatsächlich vielfältiges Gemüse und der versprochene Schafskäse.

»Ist jetzt nicht so schlimm«, sage ich, Diskussionen sind hier offenbar unerwünscht.

Ich setze mich an einen Tisch und schlage die Titelseite der *B.Z.* um: ein riesiges Keim-Hühnchen ist dort abgebildet. Die nächsten Gäste betreten den Laden und bestellen: »Gemüse Kebab – aber ohne Fleisch.« Sie sind gut vorbereitet.

Alle paar Monate wird der Laden hier umbenannt und umgestrichen. Es sind nicht immer dieselben Verkäufer, aber sie werden seltener ausgetauscht als die Ladenkonzepte. Chicken Döner als Gemüse Kebab zu verkaufen ist aber wirklich eine großartige Idee, das wird in fünfzig und auch in hundert Jahren noch bestehen. Ganz sicher.

An sich schmeckt das Gemüse mit den Flügeln ganz gut, wenn man die ganze Zeit auf das riesige, nackte Ekelhähnchen der *B.Z.* guckt, kommt man aber mindestens beim Kauen auch ins Grübeln. Also weiterblättern, vielleicht schafft es das nackte Huhn Patricia (24) auf der dritten Seite, mich abzulenken. Aber es fehlt, oder ich kann es nicht finden. Nur immer weitere, rot umrahmte Kästchen über Bakterien.

Ob sich das Problem auf Hähnchen beschränke, wird ein Experte gefragt. Und der antwortet, das sehe gerade nur so aus, weil bislang nur die Hähnchenbetriebe in dieser Weise untersucht worden seien.

Etwas zu trinken bestelle ich nicht. Wer weiß, was ich bekomme, wenn ich Wasser bestelle.

»Hier bitte.«

»Aber das ist Cola.«

»Haben Sie Getränk bestellt, oder? Also.«

»Aber ich hab Wasser bestellt.«

»Ey, was glaubs du, was das ist, Mann? Guckst du hier, Inhaltsstoffe, ja, was steht da?«

»Okay, dann nehme ich ein Wasser ohne Zucker und Koffein.«

»Hier, Pilsator.«

»Na, jeht doch. Danke.«

Ich hole mir ein Getränk aus dem Supermarkt gegenüber, an der Kasse habe ich seit Langem mal wieder die Gelegenheit, die Titelseite der Zeitschrift *Meine Familie und ich* ausführlich anzusehen. »Neue Hits mit Hack« titelt das Fachmagazin für Hausmannsköchinnen. Ich sehe nochmal »Neue Hits mit Hack?« Häh? »Neue Hits mit Hack?«

Unter dem Titel ein Backblech, frisch aus dem Ofen gezogen. Jetzt fällt der Groschen, als ich erkenne, dass es sich nicht um einen Blechkuchen, sondern um eine viele Zentimeter dicke Fußmatte aus Hackfleisch handelt, belegt mit überbackenen Ananasscheiben. Hacksteak Hawaii, da kommt auch bei mir heftig Urlaubsstimmung auf. Noch mehr sensationelle Hackfleischrezepte erwirbt man mit der Zeitung, die für den Hackbraten Waldeslust und asiatische Hack-Muffins. Aber auch um das seelische Wohl ist man bei der *Meine Familie & ich* besorgt. In der Rubrik »Besser leben« wird der Artikel »Was uns wirklich glücklich macht« angepriesen. Ich sehe nicht nach, aber vermute mal schwer, die Lösung ist Hackfleisch. Darunter eine Webadresse, unter der man eine große Sammlung von Rezepten findet. Die zehn beliebtesten Rezepte lesen sich hier wie folgt:

1. Crêpes (also Eierkuchen)
2. Pfannkuchen (vermutlich sind ebenfalls Eierkuchen gemeint)
3. Chili con Carne (Hackfleisch)
4. Soljanka – Russische Fleischsuppe
5. Eierkuchen (vermutlich sind Pfannkuchen bzw. Crêpes gemeint)
6. Gefüllte Paprika (mit Hackfleisch)
7. Gulaschsuppe klassisch
8. Sauerkrauteintopf mit Röstzwiebeln
9. Jägerrostbraten mit Bratkartoffeln
10. Fischgulasch mit Tomate und Paprika

Nicht mal ein Hauch von gesunder Ernährung auf dem Titelblatt – das Programm lautet Partykuchen, Bollywood Buffet und Feierabend-Snacks. Vermutlich auch alles aus Hackfleisch.

Ob ich beim *Imbiss zur Mittelpromenade* Pommes rotweiß und eine Curryboulette bekomme, wenn ich sage, ich hätte gerne Kartoffeln? Das neue Schild »You kill it, we grill it« ist sehr verwirrend. Meine Interpretation ist, hier wurde ein neuer Zubereitungsservice geboren. Man bringt einfach die am Straßenrand erlegten Ratten und Tauben vorbei und lässt sie sich knusprig braten. Oder ist es doch eine moralische Ermahnung? Alles, was es hier gibt, musste sterben, weil du es haben willst? So dass du für den Tod verantwortlich bist, während der Grillmeister der Promenade nur das Beste aus dem Unvermeidlichen macht, für das du immerhin den Ablass von anderthalb Euro pro Wurst entrichten musst? Schwer vorstellbar.

Kaum bin ich zu Hause, betteln die Katzen laut um ihr täglich Hackfleisch. Und ich versage es ihnen nicht, ich will ja, dass sie glücklich sind.

Hinark Husen

Das Zwei-Pfennig-Stück und die schwule Amsel

Ein strahlender Dienstagmorgen Ende Februar. Die Sonne kitzelt mich an der Nase und ich schlage die Bettdecke zurück. Auf geht's, dem Tag etwas Struktur zu geben. Ein Blick auf die Uhr: Es ist acht Uhr dreißig. Das ist eindeutig schon im Kern ein Strukturfehler. Ich lasse die Rollläden runter und lege mich wieder ins Bett, einen Arbeitslosentag kann ich unmöglich um halb neun beginnen, selbst arbeitend bin ich selten vor zehn aufgestanden. Ich versuche noch ein bisschen zu schlafen, was spontan gelingt. Probleme mit dem Einschlafen hatte ich gottlob noch nie. Wenn mir irgendwelche Leute von Schlafproblemen erzählen, muss ich immer an Quantenphysik denken, weil mir beides gleich fremd ist. Na ja, nicht immer, es gibt doch ziemlich viele Menschen mit Einschlafproblemen, wenn ich da jedes Mal an Quantenphysik denken würde, könnte ich bald anfangen, da mal ein Buch drüber zu lesen. Oder auch nicht.

Ich schlage die Bettdecke zurück und blicke wieder auf die Uhr: viertel vor neun, na das hat ja gelohnt. Soll ich jetzt in fünfzehn Minutenblöcken bis elf *stückschlafen*, bis der ordentliche Nichtarbeitstag beginnen kann?

Ich kratze mein bisschen Restflexibilität zusammen und stehe einfach auf. Fühlt sich zwar ein wenig an wie ein Riss im Raum-Zeit-Kontinuum, aber ansonsten ganz gut. Erst mal Frühstück einkaufen, um diese Zeit bin ich bestimmt der Einzige im Laden.

Aber weit gefehlt, im *Aldi* in der Müllerstraße ist es rappelvoll, Rentner-Rush-Hour.

Immerhin senke ich den Altersschnitt deutlich, und das macht mir in letzter Zeit wo auch immer gute Laune. Passiert ja auch nicht mehr allzu häufig. Das will ausgekostet werden. Schwungvoll schiebe ich meinen Einkaufswagen an grübelnden Kriegsgenerationen vorbei, die stundenlang darüber sinnieren, ob sie jetzt die Katenrauchwurst in den Wagen legen oder nicht. Lebendplastinate von Hagen sozusagen.

Das gleiche Bild an der Kasse, die alte Dame möchte unbedingt passend zahlen und vergräbt sich mit der Lesebrille in ihr Portemonnaie, sie gehört noch nicht zu dieser begrüßenswerten Generation aufgeklärter Seniorinnen, die einfach den Inhalt des Geldbeutels in die zum Becher geformten Hände der findigen Kassiererin ergießt, damit die gewiefte Münzexpertin die richtigen Werte einfach herausfischt. Das wäre vielleicht auch mal eine Job-Idee. In den USA gibt's die Eintüter, wie wäre es bei uns mit einem menschlichen Münzvorsortierer. Oma gibt einfach ihr Kleines in der Kassenschlange ab und der Vorsortierer kann dann blitzeflink den passenden Centbetrag auszahlen. Aber Oma fühlt sich wahrscheinlich von lauter Aasgeiern umringt, die es nur auf ihren Pfandbon abgesehen haben.

Ich bleibe gelassen, ich habe Zeit, es ist halb zehn und eigentlich liege ich ja noch mindestens bis elf Uhr arbeitslos im Bett. Tatsächlich beginnt der ältere Herr vor mir jetzt doch ein bisschen ungeduldig zu werden.

»Haben Sie's denn bald?«, fragt er die stöbernde Dame und diese reagiert erstaunlich schnell, aber auch ein wenig irritierend. Ihr fehle nur noch ein zwei Pfennig-Stück. Der Opa vor mir erwidert erstaunlicherweise gar nichts auf diese bemerkenswerte Aussage. Die Kassiererin starrt nur auf ihre Fingernägel, als ob ein Mini-DVD-Player darin implantiert wäre, der gerade einen Ingmar-Bergmann-Klassiker abspielt, den die junge Kassiererin nicht im Geringsten versteht, aber der Film scheint ihr beim Abschalten zu helfen, auch sie hat keine Replik auf die Zwei-Pfennig-Aussage der betagten Kundin.

Ich gehe mal davon aus, die Dame sucht tatsächlich nach einem Zwei-Cent-Stück, vielleicht hat sie aber auch schon umgerechnet und meint in Wirklichkeit ein Ein-Cent-Stück. Worst case wäre, sie sucht wirklich nach einem Zwei-Pfennig-Stück, aber das wollen wir mal nicht annehmen.

Um zehn bin ich wieder im heimischen Innenhof, um mein Fahrrad abzuschließen. Ich sollte öfter im *Aldi* Müllerstraße früh einkaufen, man fühlt sich so jung. Hinter dem Fahrradständer sitzt eine Amsel auf dem Nest: Auch ganz schön früh dran, sag ich zur männlichen Schwarzdrossel. Ganz in der Nähe sitzt ein weiterer Hahn und schimpft vor sich hin. Sein Kumpel auf dem Nest lässt ihn gewähren. Moment mal: Kein Weibchen weit und breit zu sehen. Da niemand weiteres im Hof ist, formuliere ich meine Überlegungen laut: »Sag mal, seid ihr schwul?«

Keine Antwort, nur das zweite Männchen schimpft weiter.

»Ok«, sage ich, »ich werde es niemandem verraten, aber ihr solltet wissen, das mit dem Kinderwunsch, das wird so nichts.«

Ich habe keine Ahnung, ob schwule Amseln intelligenter sind als Heteros, der Anblick des Hahns auf dem Nest lässt allerdings anderes vermuten. Das wird ein harter Frühling für euch, so viel kann ich verraten.

In der Wohnung angekommen befrage ich das Internet nach schwulen Amseln. Es gibt immerhin sechs Einträge, aber nur ein Freak aus »Florenz am Rhein« berichtet tatsächlich über ein schwules Amselpärchen in seinem Garten. Über den Rest möchte ich lieber schweigen.

Ich lege mich nach dem Frühstück wieder hin, auf ein kleines Mittagsschläfchen, und wache um fünf wieder auf. Na, Gott sei Dank, habe ich den Tag doch noch ordentlich vergammelt. Draußen singt die Amsel noch ein kleines Liedchen für ihren Kerl. Schöner Tag, kann man nicht anders sagen.

Volker Surmann

Die sieben Hürden der Müllerstraße (4–7)

Vierte Hürde: Zwischen Leopoldplatz und Seestraße

Bekanntlich werden bei Bayer-Schering am südlichen Ende der Müllerstraße hauptsächlich Anti-Babypillen, andere Hormon-, insbesondere Testosteronpräparate hergestellt. Ich hege seit Längerem den Verdacht, dass bei einigen sorgsam vertuschten Störfällen Teile des Weddings damit kontaminiert wurden, was nicht nur die Dauerbaustelle vor der S-Bahnbrücke erklären würde, sondern auch das Fahrverhalten zahlreicher Jungweddinger.

Da könnte durchaus eine Überdosis Testosteron ursächlich sein oder aber ein Zuviel an weiblichen Hormonen lässt männliche Zeitgenossen vermehrt zu karosserieindizierter PS-Kompensation greifen. Das Schaufahren auf diesem Abschnitt, dem Ku'Damm des Weddings, und generöses Parken in zweiter oder bei starkem Verkehr auch ausnahmsweise in dritter Reihe, ist erste Weddinger Kavaliersschule. Der galante Boyfriend wartet die paar Stunden bei laufendem Motor und aufgedrehtem Dolby Surround in seinem 3er BMW vor *H&M*, verstaut all die Taschen mit frischen Stringtangas und XS-Blüschen fachgerecht im Kofferraum und fährt seine Freundin anschließend souverän auf die andere Straßenseite der Müllerstraße, wo sie bei ihren Eltern wohnt. All diese Meerengen muss man als Pkw-Kapitän, getrieben vom Müllerstraßenstrom, sorgsam umschiffen.

Fünfte Hürde: Kreuzung Müllerstraße/Seestraße
Die Kreuzung der Seestraße und der Müllerstraße ist eine Kreuzung aus Fluch und Pestilenz: Fluchtilenz, nur ein bisschen gefährlicher noch. Denn der Wedding ist arm, er hat nicht nur keine Blinker, er hat auch keine Zeit. An der Ampelanlage dieser vielfahrstreifigen Asphalthydra hat man die Gelbphasen konsequent eingespart. Nicht, dass die gelben Lampen nicht vorhanden wären, aber sie wurden quasi gleichgeschaltet und auf ihre Beleuchtungseigenschaft reduziert. Springt für den einen Verkehr die Ampel von Grün auf Gelb, springt sie zeitgleich woanders von Rot auf Gelb. Wer gerade noch bei Gelb fährt, begegnet also auf der Kreuzungsmitte all den ungeduldigen Heißspornen, deren Testosteronfüße schon bei Gelb das Gaspedal bis zum Anschlag durchdrücken.

Wehe, man muss an dieser Kreuzung links abbiegen! Lücken sind im Verkehrsfluss hier nicht vorgesehen, dafür haben irre Verkehrsplaner in der Kreuzungsmitte ein paar Parkplätze für Linksabbieger auf den Straßenbahngleisen eingerichtet. Bevor man hier wegkommt, kann man in aller Ruhe sein Lunchpaket auspacken, Brotzeit machen oder bei entsprechender Insassenkonstellation ein Kind zeugen, austragen und nach dem Abbiegen am Montessori-Kindergarten an der Seestraße absetzen. Nur eines darf man hier nicht: unaufmerksam sein, denn dank der allseits eingesparten Gelbphasen gilt es, blitzschnell zu sein und im richtigen Moment Vollgas zu geben, um mit seinem Kleinwagen rechtzeitig von der Kreuzung zu hechten, bevor einen der nächste Sattelschlepper von der Seestraße als fleischumwickelte B-Säule ins Alhambra-Kino schiebt.

Wer in diesem Moment den Motor abwürgt oder eine zögerliche Prenzlmutti mit »Pascal-Theophanes an Bord«-Aufkleber vor sich hat, ist verloren. Für jemanden, der mit einem einundzwanzig Jahre alten Peugeot 205 eine gesamte Ampelumlaufphase als vergessener Linksabbieger in der Mitte der Kreuzung Müllerstraße/Seestraße ausharren muss, ist dagegen der Begriff »Hölle auf Erden« nur ein müder Euphemismus.

Treffen nicht gerade Kraftwagen aufeinander, stehen zumindest Fußgänger im Weg, die naturgemäß gar kein Gelb haben, wieso auch? Sie haben ja die größte Knautschzone.

Man kann es so zusammenfassen: Die gesamte Kreuzung Müllerstraße/Seestraße ist dafür konzipiert, die Weddinger Bevölkerung effektiv zu minimieren. Entweder wird man in Pkws zerquetscht oder von Pkws zermalmt oder verhungert entkräftet auf einem Mittelstreifen. Dies ist die einzig mir bekannte Straßenkreuzung Berlins, wo sich auf dem Mittelstreifen eine eigene Gastronomie zur Versorgung der dort Gestrandeten angesiedelt hat. Selbst eine City-Toilette hat man hier aufgestellt. Fehlt nur noch ein »Hostel zur Mittelpromenade«.

Als Autofahrer, der glücklicherweise nur geradeaus will, gilt es, sich vor dieser Kreuzung frühzeitig auf der Mittelspur einzufädeln, dann die Augen zu schließen, Gas zu geben und sie erst nach drei Sekunden wieder zu öffnen, wenn man bis dahin keine scheppernden Geräusche oder dumpfen Aufpralle vernommen hat. Hat man Entsprechendes gehört, kann man die Augen getrost länger zulassen.

Sechste Hürde: Fußgänger bei real

Da den meisten Weddingern die Kreuzung Müllerstraße/Seestraße auch nicht geheuer ist, machen sie andernorts rüber. Auf Höhe des *real*-Marktes im Schiller Park Center gibt es einen fleißigen Fußgängerquerungsverkehr. Das ist tückisch, denn die meisten Autofahrer machen nach dem Passieren der Kreuzung Müllerstraße/Seestraße erst hier die Augen wieder auf. Die Folge sind plötzliche Bremsmanöver und Auffahrunfälle. Zudem wiegen die Einkäufe schwer. Der Weddinger aus dem Afrikanischen Viertel nimmt auf dem Hinweg zum Einkaufscenter Wartezeit an Ampeln noch in Kauf, doch spätestens auf dem Rückweg stürzen sich auch betagte Mütterchen geradewegs in den fließenden Verkehr, anstatt mit ihren prallen Einkaufstaschen vollbepackt die Umlaufzeiten der Ampeln abzuwarten. Für den Pkw-Fahrer hat dies auch Vorteile. Mit etwas fahrerischem Geschick kann man sich den eigenen Wocheneinkauf sparen und stattdessen ein paar gut gefüllte *real*-Tüten auf der Kühlerhaube sammeln.

Siebte Hürde: Die obere Müllerstraße

Jetzt hat man es geschafft. Bis zum U-Bahnhof Rehberge bleibt man am besten auf dem linken Fahrstreifen, weil rechts immer wieder 3er BMWs in zweiter Reihe halten, um *real*-Tüten von der Motorhaube in den Kofferraum umzuladen.

Anschließend besteht die größte fahrerische Herausforderung darin, nach zwei Kilometern Müllerstraße-Fahren auf plötzliche Ereignislosigkeit umzuschalten. Die Fahrzeuge mit Hybridantrieb aus Ottokraftstoff und Testosteron scheinen ähnliche Anpassungsprobleme zu haben und nehmen den U-Bahnhof Rehberge als Startlinie für erste Wettfahrten untereinander. In solche Rennen sollte man tunlichst nur einsteigen, wenn man über ähnliche Antriebe und Karosserien verfügt, ansonsten empfiehlt es sich, diese Ben-Hur-ähnlichen Gespanne ziehen zu lassen und spätestens beim Straßenschild »Scharnweberstraße« eine kleine, beruhigende Meditation einzulegen:

Kraftfahrer Du, voll Wagemut,
Der Müllerstraße zolltest Du Tribut.
Nun rauschst Du raus gen Tegel – frei.
Dachtest Du, doch denk dabei:
Berlins Verkehr ist polymorph,
Vorsicht in Reinickendorf.

Robert Rescue

Die Trägheit der Masse

Vor mir an der Kasse bei *Aldi* in der Müllerstraße steht Herbert. Ob er wirklich so heißt, weiß ich nicht, ich nenne ihn einfach mal so. Herbert ist vermutlich arbeitslos, was ich an seinem Aussehen festmache. Sein Äußeres erweckt nicht den Anschein, als würde er an einer Rezeption arbeiten oder als Verkäufer im Baumarkt. Herbert verlässt wohl auch kaum noch das Haus. Herbert riecht wie seine Wohnung oder anders gesagt, er riecht so, als würde er keinen Wert darauf legen, anders zu riechen als sonst, wenn er mal das Haus verlässt. Dass ich direkt hinter Herbert an der Kasse stehe, ist noch nie passiert. Meist stehe ich irgendwo hinter ihm oder an einer anderen Kasse und beobachte ihn.

Herbert gehört zu den vielen Weddingern, die entweder von Physik noch nie was gehört haben oder das Auftreten physikalischer Vorgänge im Wedding ignorieren. Er packt seinen Einkauf auf das Band, Kaffee, Milch, eine Packung Reis und drei Weinflaschen. Er *stellt* die Weinflaschen jedes Mal auf das Band und gehört damit zu dem Teil der Bevölkerung, der aus all seinen Einkäufen beim Discounter nichts gelernt hat und auch in Zukunft nichts lernen wird. Herberts Verstand sitzt vermutlich zu Hause auf der Couch und schaut fern. Das Laufband bewegt sich ein Stück und die Weinflaschen fallen um. »Verdammte Scheiße, was soll dit denn?«, höre ich Herberts tiefe, verrauchte Stimme.

Das Band steht wieder still und Herbert stellt die Flaschen wieder hin. Früher hatten wir im *Aldi* einen Filialleiter, den Herrn Majakowski, der hat ein solches Fehlverhalten rücksichtslos geahndet. Wenn der mal an der Kasse saß und einer der Kunden stellte seine Flaschen auf das Band, dann hat er sie lautstark aufgefordert, diese gefälligst hinzulegen. Der Herr Majakowski hat das Band und die Waren, die sich auf ihn zubewegten, noch im Blick gehabt, aber seitdem er weg ist, interessiert das die Kassierer nicht mehr.

Das Band ruckt wieder ein Stück nach vorne und Herberts Flaschen fallen erneut um. Missmutig stellt er sie wieder hin. Herbert gehört zu denen, bei denen die Flaschen zweimal umfallen müssen, bis sie einen gewissen temporären Lernerfolg erleben und auf Stufe 2 aufsteigen. Die meisten Flaschenhinsteller sind in ihrem Scheitern mit sich selbst beschäftigt und erleben keine Aufmerksamkeit der anderen, außer eine Flasche fällt auf den Warentrenner oder gar auf die Einkäufe des vor oder hinter ihnen Befindlichen. Dann ist die Hölle los, denn nichts ist dem deutschen Discounterkunden so heilig wie die Abtrennung seiner Einkäufe durch den Warentrenner. Wie ich Herbert so beobachte, komme ich wie immer auf die Idee, ihn anzusprechen und ihn auf seinen Fehler hinzuweisen. Ich tue es natürlich nicht, aber in Gedanken male ich es mir aus.

Ich würde ihn darauf hinweisen, dass auf seine Weinflaschen ein physikalisches Grundprinzip wirkt und dass sie immer umfallen werden, wenn sich das Band bewegt. Ich könnte ihm erklären, dass die Trägheit eine Eigenschaft von Körpern ist, die in ihrem Bewegungszustand verharren, solange keine äußere Kraft auf sie einwirkt. Solange das Laufband steht, wirkt keine äußere Kraft auf die Weinflaschen ein. Ob Herbert das verstehen wird und ihm, ohne dass ich weiter etwas sagen muss, ein Licht aufgeht? Wahrscheinlich wird er mich dumm anglotzen und ich könnte weiter ausführen, dass jedes Objekt, also auch jede einzelne Weinflasche eine Masse hat und je größer die träge Masse eines Körpers ist, desto weniger beeinflusst eine auf ihn einwirkende Kraft seine Bewegung. Als Beispiel werde ich ihm erklären, dass ein Sechser Pack Ein-Liter-Wasserflaschen der Kraft, die durch das Laufband wirkt, weniger anhaben kann, sprich, der Träger wird nicht umfallen.

Mit ironischem Unterton könnte ich darauf hinweisen, dass die träge Masse auch eine Trägheit der Masse ist und dass er damit vielleicht mehr anfangen kann, denn seine Unfähigkeit, das physikalische Prinzip zu erkennen und entsprechend zu handeln, ist auch eine gewisse Trägheit und dass sich Herbert mit seiner geistigen Trägheit in großer Gesellschaft befindet, wird ihm sicherlich auch einleuchten. Wahrscheinlich werde ich ihm das Letztere nicht erzählen, denn die Ironie wird er nicht verstehen und eher anfangen, auf mich einzuschlagen. Es ist gut möglich, dass meine vorherigen Ausführungen ihn dazu bringen werden, die Weinflaschen hinzulegen, so wie er es jetzt auch macht, ohne dass ich ihm dazu geraten habe. Logisch, wird er sich jetzt denken, wenn sie schon liegen, dann können sie nicht mehr fallen. Hätte er diesen grundsätzlichen Gedanken gedacht, als er die Waren auf das Band gestellt hat, dann hätte er sich nicht aufregen müssen.

Jetzt aber passiert der zweite Fehler, den seinesgleichen so oft machen. Sie legen die Flaschen quer auf das Band. Steht das Band still, ist das der Flasche egal. Ruckt das Band aber an, so wirkt die Kraft des Bandes auf die zylinderförmige Weinflasche und bewegt sie. Die Weinflaschen rollen nach hinten auf den Warentrenner des hinter Herbert stehenden Kunden zu und wenn das Band stoppt, rollen sie wieder nach vorne und stoßen zusammen. Der hinter ihm befindliche, das bin also diesmal ich, wird auf den Angriff gegen seine Einkäufe nicht gut zu sprechen sein und entweder denken oder rufen: »Suffkopp! Halt mal deinen Alk zusammen!«, und Herbert versinkt vor Scham fast im Boden. Herbert dreht sich zu mir um, murmelt ein »Tschuldigung« und rollt seine Flaschen nach vorne.

Ein Lernerfolg wäre es, wenn er jetzt vor und hinter die Flaschen seine Packung Milch und den Kaffee legen würde, denn dann würden die Flaschen nicht mehr rollen. Aber das tut er nicht. Auch hier könnte ich Herbert ein paar Erklärungen geben und dabei Begriffe wie »Rotation« und »Drehmoment« einbauen und das Ganze noch mit ein paar Formeln untermauern, aber ich fürchte, damit würde ich Herbert überfordern. Auf die Idee, die Flaschen entgegengesetzt zur wirkenden Kraft zu legen, kommt er nicht. Er könnte einen Blick auf meinen Einkauf werfen und sehen, dass meine zwei Weinflaschen so liegen, dass sie sich nicht bewegen. Er könnte das sehen, es mir gleichtun und daraus eine Erkenntnis ziehen. Endlich kommt sein Einkauf bei der Kassiererin an und während sie die Flaschen über den Scanner zieht, überlegt Herbert, künftig auf Sechserträger Bier umzusteigen.

An der zweiten geöffneten Kasse steht derweil Oma Inge und überlegt sich, warum die Wasserflasche ständig umfällt, während sie sich in kleinen Schritten auf der Höhe ihres Einkaufes bewegt und somit vor ihr viel Leerraum zur Kasse entsteht, während sich hinter ihr die Kunden drängeln. Oma Inge fällt ein, dass sie jedes Mal darüber nachdenkt, wenn sie bei *Aldi* eine Flasche Wasser einkauft, und ihr wird klar, dass sie wie jedes Mal keine Antwort darauf findet.

Kurze Zeit später verlassen beide den Markt und haben den Vorfall schon vergessen. Morgen kommen sie wieder und dann geht das Spiel von vorne los. Es wird sich so lange wiederholen, bis beide und viele andere sich Gedanken machen oder die Kräfte der Physik resignieren und sich aus dem Wedding zurückziehen.

Was dann passiert, können sich Herbert und Oma Inge vermutlich nicht mal vorstellen.

Hinark Husen

Mein Wedding

Natürlich könnte ich mir auch vorstellen, woanders zu wohnen. Habe ich ja schließlich auch: zwanzig Jahre im nördlichen Münsterland, zwei Jahre in der tiefsten niedersächsischen Pampa, offiziell auch Südoldenburger Land genannt, und last not least drei satte Monate in Schöneberg. Schöneberg, ja da bin ich berlin-technisch sozialisiert worden. Da habe ich meine Berliner Kinderstube her und ich glaube, dass mir diese Tatsache auch gelegentlich noch anzumerken ist, wenn ich mal auf der Straße laut und vernehmlich »Guten Tag« sage oder im Anzug aus dem Haus gehe.

Zugegeben, das sind eher seltene Momente, diese Schöneberger Manieriertheiten lasse ich auch gerne zu Hause. Vor Jahren hat mir meine Mitbewohnerin zum ersten Tag meiner Arbeitslosigkeit folgendes Geschenk gemacht: ein Unterhemd der Marke Schießer Doppelripp, eine dunkelgraue Jogginghose von Wulle, ein Sechserträger Schultheiss sowie eine Karte mit der Widmung »Jeder Stil braucht seine Accessoires«. Das ist zweifelsfrei richtig und gerade im Wedding kommt es, wenn Arbeitslosigkeit stilecht gelebt werden will, auf diese Accessoires auch an.

Die sechs Flaschen waren am frühen Abend geleert, doch Durst bestand weiterhin. Jogginghose an, Oberhemd aus und ab in die Stampe mit den Riemensandalen an den Füßen, es war ein lauschiger Sommerabend.

In der Kneipe angekommen, musste ich allerdings schnell feststellen, dass mein Outfit bei meinen Bekannten tatsächlich auf reichlich Irritationen stieß. Nicht dass man mich eher bürgerlich gekleidet kennen würde, aber diese popanzartige Verwandlung konnten sie denn doch nicht ganz nachvollziehen, worauf ich den ganzen Tresen zusammenschrie: »Ja, ist det hier 'ne verlauste Studentenspelunke, kann man hier nicht 'ne Molle und 'n Korn zischen, ohne hirnmäßig unterwandert zu werden?«

Die Formulierung »hirnmäßig unterwandert« fanden die Kollegen am Tresen dann doch so gelungen, dass sich für diese exotische Eskapade gleich noch der ein oder andere Bierspender fand. Es war ein recht vergnüglicher Abend, der schon kurz darauf den Weg in die Annalen der immer wieder erzählten Kneipenanekdoten fand, unter dem Titel: »Wie Hinark mal ein echter Weddinger werden wollte«.

Nur gut, dass es in dieser lauwarmen Nacht nicht noch zu einem Aufeinandertreffen mit einer dieser arabischen Jungscliquen kam, ich weiß nicht, ob ich den Heimweg dann so schadlos überstanden hätte. Nun, nichts gegen unsere kleinen, schwarzhaarigen Prinzen mit den coolsten Koteletten, aber in Gruppen dann doch leider oft ein hormonell bedingter kollektiver Atavismus, der da herumlümmelt. Ponys, die sich wie Vollbluthengste gerieren. Immerhin verdanken wir ihnen die doch relativ geringe Anzahl hohlköpfiger Neonazis bei uns. Die Straßenhoheit liegt hier in anderen Händen und in diesem speziellen Falle ist das denn doch sehr begrüßenswert.

Der individuelle kleinbürgerliche Faschismus zeigt sich eher wie folgt: Im U-Bahnhof Seestraße kreischen einige arabische Mädchen herum und ein gegelter Mittvierziger mit schwarzer Brille und sportivem Auftritt murmelt etwas von Gaskammer vor sich hin. Tatsächlich erntet er sogleich die kritischen Blicke anderer Passanten. Offen ausgesprochener Rassismus hat dann doch auf den hiesigen Straßen und Plätzen eine eher geringe Überlebenschance. Da dürfen einem die Jungen dann auch als Ausgleich gelegentlich mal auf die Nerven gehen.

Wobei, wenn die mir jetzt so was wie »Schwule Sau!« hinterherrufen würden, da weiß ich nicht genau, wie ich dann reagieren würde. Gerade von so Typen, die von Parfümnebeln umwabert sind, die eng anliegende rosa Pullover und weiße Hosen dazu tragen. Davon gibt's nicht wenige. Ich habe keine Ahnung, ob sie eigentlich wissen, dass sie damit tatsächlich wie schwule Abziehbilder wirken. Das allerdings würde ich ihnen wohl eher nicht offen ins Gesicht sagen, dazu ist mein Überlebenswille noch zu ausgeprägt und ich würde meinen mehr als zwanzig Weddinger Jahren gerne noch ein paar Jahrzehnte hinzufügen. Wobei ich durchaus mit Spannung beobachte, wie sich hier so etwas wie eine Szene zu etablieren versucht, die Schererstraße zum Beispiel. Man kann ja mittlerweile von Berlins kürzester Subkulturmeile sprechen. Da gibt's Galerien mit Konzertprogramm, Kneipen à la Prenzlauer Berg und Bars à la Friedrichshain, Gott sei Dank aber mal gerade auf fünfzig Metern. Und die reichlichen Besucher, die hier nächtens anzutreffen sind, übernachten denn doch im heimischen Kiez jenseits der Bezirksgrenze.

In all den Jahren hat sich bei mir tatsächlich ein leicht kauziger Lokalpatriotismus breitgemacht, den ich aber nicht missen möchte. Und um noch einmal auf die Eingangsbemerkung zurückzukommen: *Natürlich könnte ich mir auch vorstellen, woanders zu wohnen.*

Das ist selbstverständlich eine glatte Lüge.

Die Autoren

Paul Bokowski
wurde im polnischen Winter gezeugt und 1982 in Mainz geboren. Er ist festes Redaktionsmitglied der Literaturzeitschrift »Salbader« und jüngstes Mitglied der »Brauseboys«. Gelegentlich tritt er u. a. als Autor für ein großes deutsches Satiremagazin in Erscheinung. Sein erfolgreicher Kurzgeschichtenband »Hauptsache nichts mit Menschen« (Satyr) erscheint im Dezember 2013 als Taschenbuch bei Goldmann. Im zweiten Leben ist Paul Bokowski leidenschaftlicher Backblogger. Mehr zu alle dem unter www.paulbokowski.de.

Hinark Husen
Westfale seit 1965, Weddinger seit 1987. Beides mit Passion. Derzeit tätig als Weddinger Erzieher im Prenzlauer Berg. Mitbegründer von »Dr. Seltsams Frühschoppen«, der Urmutter aller Lesebühnen. Liest auch heute noch beim »Frühschoppen« im Schlot sowie seit 2004 bei den »Brauseboys«. Redakteur des Lesebühnenzentralorgans »Salbader«. Im Jahr 2005 veröffentlichte er das Buch »Wenn Weddinger weinen« (Satyr Verlag).

Robert Rescue
geboren 1969 in Rheinland-Pfalz. Lebt seit 1993 in Berlin und seit 2005 im Wedding. Leitete Schreibwerkstätten und organisierte Lesungen für junge Autoren, bis er zu alt dafür wurde. Gründungsmitglied der Brauseboys. Veröffentlichte 2012 die Kurzgeschichtensammlung »Eimerduschen« im Periplaneta Verlag.

Frank Sorge
wurde 1977 in Berlin geboren, wuchs an der Mauer in Neukölln auf, studierte verschiedenste Geisteswissenschaften und hielt sich dabei als Ballonverkäufer, Lieferfahrer, Dachdecker und Messebauer über Wasser. Seit 2001 liest er seine Kurzgeschichten und Gedichte auf den Berliner Lesebühnen vor. 2011 erschien »Brunnenstraße 3, Berlin« im Eichborn Verlag.
www.frank-sorge.de

Volker Surmann
ist Autor, Kabarettist, Verleger und lebt als Exil-Ostwestfale in Ostberlin. Seit 2003 liest er bei den Brauseboys. Er schrieb schon für diverse Fernsehcomedy-Produktionen und arbeitet derzeit regelmäßig für die »Titanic«, das Kabarett »Die Stachelschweine« und das queere Hauptstadtmagazin »Siegessäule«. Er gab zahlreiche Anthologien heraus, 2010 erschien sein erster Roman »Die Schwerelosigkeit der Flusspferde« (Querverlag), 2012 folgte die Geschichtensammlung »Lieber Bauernsohn als Lehrerkind« (Satyr).
www.volkersurmann.de

Heiko Werning

1970 in Münster geboren, seit 1991 im Wedding, ist Reptilienforscher aus Berufung, Froschbeschützer aus Notwendigkeit, Schriftsteller aus Gründen, Liedermacher aus Leidenschaft und Plattenmogul aus wirtschaftlichem Unverstand. Er liest auch bei der Berliner »Reformbühne Heim & Welt«, schreibt für »Titanic«, »Jungle World« und die »taz«, für die er mit Jakob Hein den Blog »Reptilienfonds« führt. Bislang vier Solobücher, zuletzt erschien »Schlimme Nächte« (2012, Edition Tiamat).

Die Brauseboys haben sich als wöchentliche Lesebühne im Wedding im März 2003 gegründet. Sie lesen jeden Donnerstag um 20.30 Uhr im La Luz in den Osramhöfen (Oudenarder Straße 16–20). www.brauseboys.de

Ein Schweizer erklimmt den Kreuzberg!

Till Hein
Der Kreuzberg ruft!
Gratwanderungen durch Berlin
256 Seiten, Paperback
ISBN 978-3-8148-0194-0
14,95 €

Als Till Hein von Basel nach Berlin zog, wusste er nicht, dass es hier auch Höhenzüge gibt. Nun lebt er auf dem Kreuzberg (66 Meter) und hat den Überblick verloren. Mit Schweizer Gelassenheit kämpft er sich tapfer durch die Täler und Schluchten der Großstadt und lässt den Leser an seinen Erlebnissen teilhaben. Dabei entpuppt sich Berlin immer mehr als das, was es ist: der Gipfel der Skurrilitäten.

»…ein herrlich subjektives und ehrliches Zeitbild der coolsten und zugleich ätzendsten Stadt der Welt.«
Badische Neueste Nachrichten

www.bebraverlag.de

berlin edition im
be.bra verlag

Mehr Berliner Orte!

In den »Berliner Orten« nähern sich Autoren mit ihrem ganz eigenen Stil einem Ort, der für sie eine besondere Rolle spielt. Mal sehr persönlich, mal historisch, aber immer ganz individuell zeigt die Reihe Berlin in seiner ganzen Vielfältigkeit und Kreativität.

je 144 Seiten, je 9,95 € [D]

Knut Elstermann
Meine Winsstraße
ISBN 978-3-89809-107-7

Brauseboys
Geschichten aus der Müllerstraße
ISBN 978-3-89809-108-4

Kurt Tucholsky
Westend bis Köpenick
ISBN 978-3-89809-109-1

www.bebraverlag.de

be.bra verlag